诗不言志，何以为诗

诗，就是要将纷繁复杂的社会生活和丰富多彩的个人情感幻化成凝练、优雅、富于内在韵律的语言而呈现给读者，以慰藉人的心灵

……

天山

独库公路

王发宾 ◎ 著

中国言实出版社

用泪水写出的诗行

张殿魁

　　我读过一些感动人的诗集，但能使我边读边掉泪的还是王发宾这本《天山独库公路》。这是他写天山独库公路的第二本诗集了，第一本是2017年出版的《战士的心在燃烧》，至今仍在我的床头放着，我也经常翻开看看。最近他拿来《天山独库公路》书稿邀我写序，我欣然应允了。

　　王发宾是1969年12月从土默特左旗应征入伍的内蒙古籍战士，在部队鉴于他突出的表现1970年12月就入党了。1974年5月提干，同年7月进疆，9月部队送他到南京工程兵学院学习工程机械专业，1976年毕业返回部队。他把学到的知识积极地用到天山筑路施工中去，受到了团、师两级党委的好评，年底全师英模大会，他和姚虎成被评为00129部队（师）先进个人标兵。当时我任团政治处主任，对他是比较了解的。1977年他以先进个人代表的身份出席了基建工程兵工作会议，当时我以团政治处主任的身份出席会议，之后彼此的了解就多了。1978年他为天山独库公路一、二、三号隧道的深度掘进设计了大型空压站。1980年他调到团轮训队当教员，为团里修筑独库公路培养了一大批技术骨干。同时他利用业余时间刻苦学习，为他的文学之路打下了良好的基础。

作为一个政工干部，我对文字是感兴趣的，对文学尤甚，并对之怀有一种崇敬。我看着厚厚的一沓稿子和封面上"天山独库公路"六个大字，仿佛天山就在脚下，战士们就在身边，那些动人的施工场景就在眼前……我抑制不住内心的激动，急切地打开书稿满怀期待地阅读起来。

第一章题为"把心交给党，困难就成一杯水了"，这句话我回味了半天，那种深邃的意境特耐人寻味。

第一首诗，《走进独库公路》：

严寒，趴在他们身上变成了火种
缺氧，战士们用肺部吐出新的长空

只有战士们才能说出这样的话，战士把困难看作是朋友，是磨炼一颗红心的砥石，读起来让人热血沸腾。如果他没有在天山上施工的深切感受，就很难写出这样的诗句。

紧接着是《登上天山》，展现了他十年天山筑路的战士情怀，他看到玉希莫勒盖三营南洞口的官兵，披着寒光在风雪满山的冰达坂上年复一年地施工，紫外线的辐射下，头疼、高山反应一下子涌上全身，回忆紧紧把我拉进当年修筑天山独库公路的施工现场：

是的，我望着那轮明月
想起大塌方时失去的几位战友
他们的英灵留在天山，守候着
这条"独库公路"
影子和时空一起流动

朴素的语言把战士们不惧艰难困苦和勇敢面对牺牲的天山精神描写得淋漓尽致，让战士的精神活在天山，这是他对烈士们最好的一种追思。看到此，我不由得想起为掘进玉希莫勒盖隧道牺牲的战友，泪水一滴一滴打湿诗行……

发宾通过前两首诗把我们带进当年的独库公路，我仿佛又触摸到那些年，那些事，那些英勇牺牲的战士，一幕幕画面浮现眼前，疼痛也随之而动，诗歌对在修筑独库公路中牺牲的烈士表示了深切的怀念和崇高的敬意！

还有《七口棺椁》：

一场雪崩将一辆下山的汽车掀翻
七名官兵被埋在雪中
活蹦乱跳的心在白雪皑皑的天山
停止了跳动
……

山低下了头
默默地为烈士们送行
伊犁河咆哮着
仿佛为青春诉说不平
烈日和寒冬缓缓地抬起灵车
为烈士们送上一程

读到这里就是铁打的汉子也会掉泪。那挂在3000米以上的山顶的雪，什么时间滑下无法预测，在山下施工的战士们随时都有被雪崩掩埋的可能。独库公路全长562公里，00129部队一个整编师筑路十年，加上陆军参与施工的两个团队，共牺牲200多人。独库公路是用生命铺出来的一条路，是躺下的一座丰碑。

又如《坐土飞机》：

五月，上山到42公里施工
除了汽车能运到27公里，剩下的物资
就要走"长征"了，战士们把床板
被褥、煤炭背上去，还要背食粮等

战士们一趟一趟背得十分疲累
下山时就把棉衣垫到屁股底下
撸起袖子像滑雪一样往下滑
战士们风趣地将其叫作坐"土飞机"

这首诗述说了战士们的劳动情景，从这些诗句里能看出诗人对战士的关注是细腻的，战士们把这些困难当作游戏一样乐观地对待，他理解战士们苦中作乐的乐观主义精神。

再如《乔尔玛纪念碑》：

历史上有一群不怕死的人
硬是把天山南北用一条公路贯通
从此南疆和北疆就连在一起
有什么事，立马就可以相互支持
我拿起枪，你拿起刀，合力
形成一方坚不可摧的阵地

简短的几句话把毛主席"要搞活天山"的战略意义说得多么透彻，他深知这条公路关系着国家安全和边疆稳定，是促进新疆各族人民相互交流、相互学习，促进各民族团结奋进共同繁荣，展现新时代崇高使命的关键。

发宾的诗是催人向上的，语言是明净有力的，读了他的诗会增加我们战胜困难的勇气。他用朴实的语言叙述了他十年鏖战天山的战士人生。带你走进独库公路，领略天山一天四季的变化和战士们战胜困难的钢铁意志；用生命开凿的悬崖峭壁、山洞以及零下40摄氏度的寒冷。他的诗集展现了火热军营的青春年华，诠释了军人的使命与担当，展示了战士们的铁血情怀和伟大的牺牲精神。他的每一首诗都像锤錾在山崖上凿打岩石留下的声声印迹，也像一朵雪莲花在3000米之上绽放出笑破严寒的强大春意，字字句句都倾吐着一个战士对党对人民的忠诚与爱戴。发宾的这本诗集是献给天山独库公路的，是属于战士们的。他不愧是基建工程兵的先进工作者，00129部队树立的先进个人标兵。他是奋战天山独库公路十年的建设者，施工现场的记录者，天山精神的传颂者，更是军队光荣传统的继承者。这是一本讴歌军人题材的好诗集。我想这本书的问世一定会受到参加过建设独库公路的官兵们喜欢，也一定会使走过这条公路和正准备走这条公路的游客喜欢，因为它会使你看到一种天山的神奇美妙和获得一种精神的慰藉与灵魂的震撼。愿我们走进天山了解这条独库公路，也愿广大热血青年积极参军保卫我们的伟大祖国。

2024年5月28日

（作者系原00123部队政治处主任）

目录

03
走进那拉提，心遇见了旷美

06

一个兵，搬走天山一块石头

07
天山军营，是独库公路最美的一道风景

08

好儿郎，永远是赓续红色的火种

01

把心交给党，
困难就成一杯水了

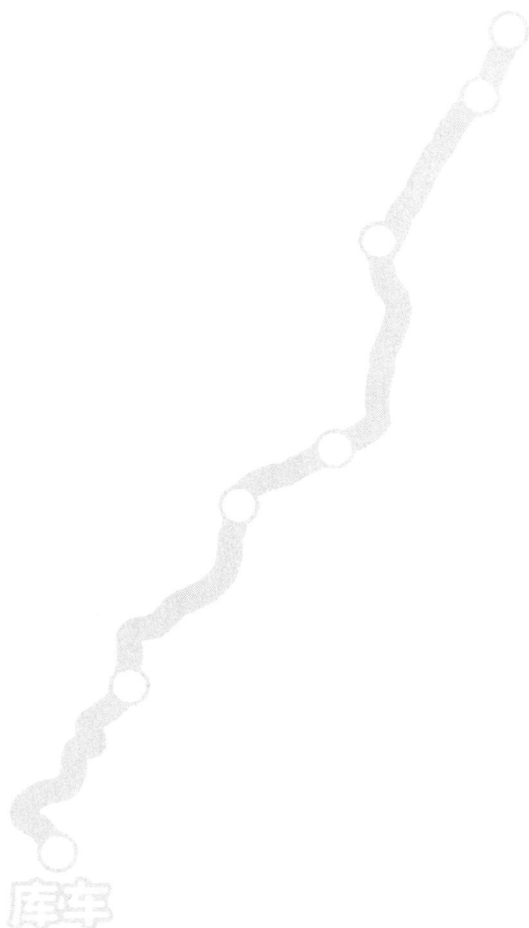

独山子

库车

走进独库公路

天山横向，如一条巨龙
舞动在祖国的上空，洁白的雪花
飘飞着人民的喜悦，也传递着
周遭的安详

走进独库公路
在高寒缺氧的天山深处
寻找一支筑路部队的足迹
是勾勒独库公路最好的见证

半个世纪前，究竟是一支什么样的
部队能让割断千年的南北天山贯通
牧民可以策马，牛羊可以穿行
南和北互融千年之文明

此时，我看见了
当年修筑独库公路的英雄
细细探究，原来他们也是人
只是他们身上有种特殊的精神

严寒，趴在他们身上变成了火种
缺氧，战士用肺部吐出新的长空
冰山，握在战士手中也会流动

暴风雪悄悄跟在身后
胆怯地压低了声音

啊！这是哪里来的神兵
让严寒害怕，冰山吃惊
此刻，我自豪地告诉人们
这是00129部队全体官兵

2023-8-6

登上天山

男儿肝胆
真的，登上天山
眼前是并肩战斗的首长、战友
南疆、北疆和各族人民
梦寐以求的深深等候
和一双双黑黑的眼睛
及一句句问话，活灵活现
留在独库公路

此刻，我不由得走近
玉希莫勒盖冰达坂掘洞的三营官兵
他们都是我的战友、同志、老乡
和宜昌兵办教导队毕业的学生

我去过七连、八连、九连和营部
也和战友们在南洞口一起奋战
并留下珍贵的合影
这些都已成为过去
成为天山精神

是的，我望着那轮明月
想起大塌方时失去的几位战友
他们的英灵留在天山，守候着

这条"独库公路"
影子和时空一起流动

战士们在冰达坂
把一支一支箭射向冰峰
揭开雪山的谜底
还人间一方温馨

此时，我想起
我们一同入伍的战友
那年，你怀着保卫祖国的心
高兴地从30里之外的小村
跑到我家，一路上踩碎了许多泥坑
你告诉我征兵开始了
我们一起去参军，晚上
你没有回，俩人盖一条被子
说了一夜参军的话，我说要当一名
好兵，你说要当将军，我愣了一下
拽着夜空的被角说
我给大哥拉马拽镫
大哥哈哈大笑说，好兄弟
我们一起杀敌冲锋
像古代的李广、霍去病、颜鲁公
现代董存瑞、黄继光那样
舍身炸碉堡、堵枪眼，为人民立功
隆冬的夜，静静地听着我们的谈话
纸窗户，一格一格透过两双眼睛

可喜的是，父亲爬起来点燃油灯
装起一袋旱烟，吧嗒着嘴吸了两口
慢慢悠悠地说："你俩的话，老爸
都听到了，好小子，有志气！
自古，国无兵而不立，民无兵而不安。
去吧，保卫好咱们的国家，几千年了，
从来没有像社会主义这样好啊，
人民当家作主，做社会的主人。"
说罢，父亲又吸了两口烟，把烟灰
磕在木头做的烟灰槽里，扇灭灯
天渐渐亮了

母亲也赞许我们参军，但也能看出
"儿走千里母担忧"的那颗柔软的心
朝阳，仿佛听到了我们的谈话
扑通一声，跳进了家
顿时，满屋子都是光

那年我们都被武装部选中
戴上大红花，乡亲们敲锣打鼓
送我们到村口，希望我们
听党的话，做雷锋一样的好战士

你比我大三岁，体力也健壮
分到了施工连队，搬石头、打风钻
样样都表现得很突出，连队表扬你
你没有骄傲，而是做得更好

在冰达坂掘洞，你准在最危险的地方
你说为党和人民的利益，献身也值得
今天你不幸牺牲了，比将军还要光荣
大哥啊！兄弟来看你了
也送上参军前那天晚上的谈话

转身，又到了12公里
看到桂林一样的美景和飞流直下
的小瀑布，也想起郑林书、罗强
去49公里送信，艰难地跋涉
冻死在大雪途中

还有徐想贵、钱万太从49公里
下山探亲，被雪崩夺走的生命
这些牺牲的战友带着思念
在天山眺望着亲人
时隐时现，如一片一片雪花
洒在窗前，舔舐窗花纸
留下千秋夜

此时，我抑制不住内心的悲痛
一颗一颗泪水落在滚滚的伊犁河中
携千山垂首，默默为烈士们鞠躬

2023-5-9

挺进天山

天旋地转，江海摇动
轰隆一声，山生出水面
地开始下沉，两盆相望
三山并行，皱褶、盆地、草原
河流，形成了天山奇景
古有三十六国，史称西域
西汉设西域都护府统一管理国土

五月的楚地
染黄了一地金汐，远远
闪动着，如沧浪之水
濯洗，一段古往今来的历史

1974年春
一辆辆黑色铁皮闷罐车
从湖北宜昌出发，忽降天山深处
满天星斗眺望着，南疆和北疆贯通

天山的雪，得知此情
一场一场开始围攻战士们
大风也加紧脚步，埋伏在
天山的沟壑里，不时发起行动

天山高耸，雪盖隆冬

险恶的环境，让此地成了绝境

战士们却早准备好了吃苦、冲锋、牺牲

哪怕有一万场大风雪，路仍要修通

一支兵，谁都挡不住

因为真理在战士手中

2023-11-4

命令是军人的生命

春天，翘起蓬蓬生机
每一颗籽粒都在寻找
谱写大地的秘密，一腔热血
如春雨

四月中旬
七连指导员刚探亲回到家
还没温热被窝
部队就发来归队的电报
他二话没说
告别了妻子
携一缕春风直奔军营
……
归队后他立马组织部队换防
带着七连大队人马开赴新疆
闷罐车摇晃着，战士们
在铁轨上写下铿锵的诗行

车厢内的朗读声
映红了东方的太阳
决心书、倡议书
挤上了张掖火车站的站台
补充，覆盖着

西去的荒凉

戈壁滩铺开的卵石
又宽又长，车轮碾轧着
声音变成翅膀，辽阔
翻动着一浪一浪

谁都不知道他们要去的地方
乌鲁木齐火车西站停下神秘的猜想
战士们数着夜空的星星
一晚上，抱着手中的枪
瞭望……

2024-1-5

乌苏指挥部

乌苏，地处北疆中心
扇形的褶皱，开合着
霍尔果斯、巴克图、阿拉山口等
陆路口岸的重要门户

中央军委选中了这个地方
司令部设在城南一片空地上
光秃秃的山坡刮着冷清清的风
战士们自己动手，脱土坯盖土房

乡亲们很热情，经常送来
当地的土特产，奶酒、奶酪、苹果
慰问官兵，战士们手持火把
告诉乡亲们，一定要照亮这座边城

星星挂在夜空
指挥部的蜡烛
燃烧着子夜的行动
一个个决策在这里形成

组织科的崔绍宏和崔二恒，一边
调查各团的组织情况，一边起草
有关材料，有序地编织着

天山的风和雨、雪和冬

意志对抗着高高的冰峰
红五星，沿着雪山的寒冷闪动
指挥部发出一道道命令
天山迎来一个崭新的生命！

2023-11-8

一排排土房子

云，愣了愣飘走了
风，傻傻地吹着
一片雪花还没来得及说话
就轻轻地落下

这突如其来的土房子
惊呆了久违的晚霞
月亮拉着星星的手，大声地
对乌苏说：吉地住进神兵

一排排土房子点燃一盏盏灯
光芒照进乌苏古城
从此这座城有了坚定的信心
每一颗石头都能登上一座山峰

脚印映出了满山遍野的精神
有的挺立山顶，有的打开山洞
有的化了冰雪，有的连成云影
飘在天山，成为独库公路

2024-6-6

排兵布阵

盘八卦，运乾坤
西北的云一层一层靠近
银河不断地涌起
浪排成队，风跟着吟

太阳静静地照在山顶
顽固的雪山，始终没有化
山崖的雪莲花欠了欠身
目光露出了深情

巴音沟，吹响的军号
声音从长空划过
天山，进驻了解放军
138团（00111部队）开始从这里排兵

我看到乌苏指挥部的屋子里
那盏油灯和地图下站着的将领
不时地在沙盘前移动
悬崖、飞线、老虎口
一道比关隘还要险峻的峭壁
万万没有想到，161团（00122部队）
站上了它的头顶

在那拉提的沟口附近
一个兵携一条河流动
168团（00123部队）登上了玉希莫勒盖冰达坂
一道光跳上冰峰

2023-9-6

01

把心交给党，困难就成一杯水了

架线兵

爱,走进人民
心就有了翅膀
用声音抚摸一朵云
我看见智慧守候着英雄
138团通信连的战士,给天山
制作了一双眼睛和两只耳朵
跨过奎屯河能听到
指挥部传来的声音

一天
我从山顶捡起一块石头
无意中听到它的呼喊:
"下定决心,不怕牺牲"
同时看到了一个兵
接着是飞舞的雪花和寒冷的北风
战士们顺着崖头爬过冰达坂
将一拐线在山顶铺开
右手轻轻摇了摇机把
岭上,掠过一路寒风

太阳落山
黑,开始抒情
雪裹着一阵一阵黑风

威胁着战士们，雷电一阵一阵

战士们顺着光滑下山
意志将困难抬起
两只手摸着黑拽着光
一双脚踩碎一座山峰

2023-10-25

疏通血脉

西，是一个谜
一直在云层里没有落下的机会
领略大地，仿佛雾就是它的宗系
忽高忽低裹挟着一个秘密

沟里有一块平台，在三岔河上头
138团的指挥部就设在这里
离工地只有几百米，放炮时
石子常落到这里
官兵们打趣地说
今天又能捡"土豆"吃

警通连的报话班
随首长也住在这里，他们常在
夜里工作，才能与内地的时间匹配
手摇发电机是他们的宝贝

长声短声编制一座山一条河
的运行，也报告朝霞和暮色瞬间的
秘密，连长田中元常常和战士一起
生怕每一个文字的误笔

天山，环境很艰苦

工地，常年是零下温度

战士们爬山架线像白云

柔软而幽深，山谷常常填满

战士们的声音，电话铃

是艰辛和喜悦的见证

每接通一次电话

就像摘下一颗星星

丁光荣是最能吃苦的尖子兵

越是苦得无法言说的地方

越能看到他独到的长处

有一次，他们几个人

背着背包翻山架线

爬上山顶，布好线已筋疲力尽

落日突然围攻了他们

眼睛很快什么都看不清

此时，如不能迅速下山

几个战士就会冻死在山顶

丁光荣想了个办法

坐在背包上，两手拽紧背包带

利用冰雪的斜坡从山上往下滑行

这危险啊，简直是生死的一刹那

高山见证了战士们的英勇

一个主意避免了一场不幸

线，架通了
指挥部的血脉在天山流动
想起此事我忘记了寒冷
忘记了年龄，多想
也做一次雪地滑行

2023-10-31

02

在冰达坂挺立，
是生命的一个高度

独山子

库车

哈希勒根冰达坂

雪下，雪不停地下
开工的炮声惊起寒冷的天空
突然间，狂风卷起
天地无法分清

寻找生命的高度
脚下是天山冰峰
身边是刀子般的冷风
夜幕落下
一个战士举起一把镐
不小心碰下一颗星星
冰达坂被凿开一个洞
战士们围在一起哈哈大笑
这声音，把一座沉睡的山唤醒
天山，韵和着最优美的声音

炮声卷起风
影子飘成云
一颗五角星在天空闪动
红红的都是战士们

石头落地
声音留在天空

怎么量都量不清
一条路有多长的里程

哈哈，这多像一个神话
留在人间传颂，还有导火索
炸药，和它一起燃烧的空气
炸飞的石子，都成为行者
走进了独库公路

2023-11-5

白手起家

一双手举起，什么都没有
只要意志在，血肉就会变成钢
遥远的天山等待着
一个战士的期望

汽车拉着连队的士兵
进驻巴音沟，很快战士们
白手起家，建起了简陋的
营房，决心在泥土里
绽放四季的芳香

一天，天空很晴朗
七连接到团里的施工任务
要啃一块硬骨头
在悬崖峭壁凿一条路
连队开了动员大会
战士们个个急红了眼睛
决心让党放心

巴音沟
听到了从未有过的回声
有的竖起，有的展开
渐渐地飞上了雪山

化成了一朵朵白云
茅舍在月光下现出军营

2023-9-24

奎屯河

奎屯河
纯粹、干净，滚滚的流水
映照着蓝蓝的天空
雪山和白云是它的倒影

奎屯河
是天山雪化成的一条河
冰冷、湍急、坦然
天山被它劈开一条缝

奎屯河，悬崖作岸
雪花落在这里都胆寒
战士们在崖壁上施工，像猴子
乐于登攀，奎屯河摇晃着天山
还有战士们举起大锤的倒影
跟着河水奔腾

独库公路从崖腰穿过
战士们吊在悬崖上打眼放炮
掉进河的危险时刻就在眼前
战士们心不抖、腿不颤

打一锤，人在半空

一圈一圈来回转

不是云绊住腿，就是风往后退

奎屯河，一个影子吊起的天山

滚进河里的石头

能听到悠悠的跳动

一锤一锤凿在山崖

如写下一行白云般的文字

奎屯河把幽默藏起

2023-10-20

错认的兄弟

这臃肿的棉衣
架一副棕色墨镜
在雪地里滚来滚去
要不是他说话
谁看他都是一只狗熊

是的，在玉希莫勒盖的山顶
就发生过这样一件事情
战士们在下班的路上
看到一只狗熊大摇大摆走回营区
蹲在离帐篷不远处，望着战士们
其实，它早把战士当作兄弟
在雪山上留下了相同的气味

紫外线的光顾
让战士们都成了雪山上的狗熊
今夜的天空里，狗熊和战士们
掘通一道山洞

2023-10-23

巴音沟

巴音沟，是寻找天山的一条路
丘陵、草原、雪山和承化寺
传唱着一首歌，几千年了
柔软的光线吸引着牛马羊
丰腴的草原流出鲜红的血

一支部队驻在这里
展开一张筑路的地图
用战士们的意志
对抗天险的蛮横

一阵风吹起
雨，落满静静的山间
孤独是征服困难的一把钥匙
战士们从未保留自己
除了付出，别无所需
战士们兜起天涯
天边立着一排排青松

部队从这里开发
把肉体挤进石头
指纹一丝一丝贯通天山南北

我看到战士们，迈着整齐的步伐
正向着一个新世界攀登

2023-10-23

鸡蛋粉

这是一个无法还原的问题
我只能站在天山缺氧的空气中
凭记忆，说出那些鸡蛋粉离开蛋壳
后的扑朔迷离

一个军绿色的小铁桶
盛满了雪山上的黎明
在打开它的时候，已经
跳上了一朵白云

我问过大司班长
把鸡蛋粉生产的地理位置
和气候条件，以及服务的人群
换一下，鸡蛋粉有没有
还原成鸡蛋的可能

一口锅支在山顶
缺氧的鸡蛋粉沿着雪水流动
从锅底跳出的声音比鸡蛋落地时大
但，合拢不成鸡蛋的原形

一盒鸡蛋粉谈论着
雪山的习性，渐渐贴在锅底

一铲一铲讲给战士们听

天山，多了一份深情

2023-10-23

天山独库公路

02

在冰达坂挺立，是生命的一个高度

压缩饼干

压缩饼干，不是饼
是厚厚的一块四方形
它浑然聚合了五谷的精灵
把一段不朽的故事凝结在山顶

战士们就着雪水
一口一口嚼断北风
疏散的粉末膨胀着
青春对抗着所有的寒冷
战士们轻轻把手一扬
冰雪被淘得精光

我不说七剑下天山的背景
与战士筑路的环境那个动人
茫茫云海一条独库公路
环绕着天境、地境
一天，人可在四季耕耘

我望着战士们
明月出天山的长风
和今天的英雄，正食着
压缩饼干在天山独往独行

2023-10-2

天瀑

云雾与水雾弥漫在山间
一种天然的美景让你发现
心灵移动着，彼岸与此岸何为归零
走一趟独库公路真不枉此行
你会明白，天和山怎样遇见黄昏
一个战士躺倒的身躯
永远是一条路的灵魂

天瀑，是老虎口与哈希勒根隧道间
一处优美的风景
天瀑像一条闪电
穿越深山峡谷奔流而下
有时像一盘老树根，深入泥土
酝酿着美丽的传说，有时也像
一把大扫帚，涂抹着天山

1975年战士们在这里施工
时常听到天瀑和战士谈心
一个梦不断地靠近
清清流水，月挂山岭

战士们奔忙的身躯冲洗着
昨天的尘灰，天瀑

石头摩擦的声音惊动了月宫
一轮明月落下
光，流成了海的知音

黄昏的时候
战士们捡起一缕光
慢慢地化成水，藏在山后
下班时带回连队，消除一天的疲惫
晚上，哗哗的天瀑跟我们一起入睡

2023-12-7

一双眺望的眼睛

在雪地里梦见云，如同流水
穿过高耸的山峰，一条路在
延伸，雪山上战士们的脚印
一双一双映着天空

哈希勒根冰达坂
是常年积雪的山峰
厚厚的冰，一层一层压在山顶
远眺能感到一种寒冷

棉衣，脱不掉的四季
膝盖和关节是山崖的一部分
七月，天山的雪花还在飞
战士们把哈希勒根冰达坂穿个洞
让空气和清风带个口信
告诉牧人，此处可通行

山洞里有坚硬的石头
被战士们一块一块搬走
手指的鲜血染红米饭、馒头和袖筒
风裹着寒冷钻进棉袄的破洞

险情紧紧地跟着战士们
每前进一米，不是碰破头就是砸伤脚
看看石头，像一把刀
亲吻着战士们青春的皮肤

洞内又黑又冷
汗洇湿了整个棉袄
风一吹，棉衣很快冻成冰
一块一块捆绑着肌肤、血脉

突然，一块石头掉下
砸中了，可想而知
不是缺了胳膊就是少了腿
一条隧道打通，有多少战士牺牲
军营里盘旋着一股雄风
冉冉地与天地相通

哈希勒根冰达坂旁边，筑起
一条世界上最早的防雪走廊
这是一条无法忘记的路
我站在山顶，望着石头变成人
和人变成石头的千古黎明
有一双眺望的眼睛在闪动

2023-10-24

战"飞线"

天崖天立
连白云都怀着歉意
弯下腰，侧着身子过去
路，穿过了崖壁

在独库公路北段
51公里飞线区
在奎屯河与二道沟
的绝壁间，迎河水的一面
山体齐刷刷如刀劈
测绘人员无法登临
在图纸上画出虚线
曰：飞线

飞线，飞线！
成吉思汗的大军
行此，都没有通过
盖了一座将军庙留下
穿越的心愿，今天161团
七连给历史做了兑现

战士们从山后爬上去
在山顶打眼、定线，做底座

固定好缆绳，人绑在缆绳上
一寸一寸放下，凌空的山崖
突然，缆绳咔嗒一声扯断
战士头重脚轻在半空中翻滚
崖头上的人大吃一惊
定神，战士被另一根
保险绳兜住，晃动着
眼底，河水滚滚

崖头上的战士，赶快把人吊起
又换一根缆绳再把他放下，他笑了笑
两个人在山崖上写出一撇一捺
一个手握钢钎、一个抡起大锤
此时，只有战士们才能读懂
这一锤的光芒，有多永恒

一朵白云
观赏着战士们军帽上的红五星
惊讶地靠在战士们身旁
感受那种神圣的使命

2023-9-23

放弃休假

把生命谱成曲
灵魂就可飞翔
一排排帐篷和天山融为一体
黑，穿过万物的心事
推演着每一个跳动的秘密
一会儿打开，一会儿合璧

飞线，从未见过的一种施工
指导员、连长琢磨着这块硬骨头
怎么啃，几次在连队组织骨干
进行触碰，他们知道群众是
真正的英雄，最后还得靠
战士们来完成

夜很深，指导员伏在桌上
做出一个决定，1975年放弃探亲
随后他拉开抽屉取出一沓信纸
定了定神，起身走出帐篷
望着楚地的夜空
数着日月流过的印痕
思来，也有点揪心

星星不知不觉落尽

指导员走回帐篷，提笔给妻子

写下一封道歉信……

飞崖，惊出一路深情

"连队任务重，我决定放弃

1975年探亲"，信纸上两颗晨露滚动

行间闪动着一双眼睛

起身，东方渐渐泛红

2023-9-23

一封回信

空气中的年味厚厚地铺开
寒冷温柔地从人性中走了出来
仿佛它们理解了爱
看着这岁末的激情

1975年春节临近
盼望夫君归来的妻子
等到了一封走了一个月零三天的来信
她捧着信，激动地捂在胸口
想马上看看，又久久没有打开
泪水打湿了衣襟

妻子曾昭英，心怦怦跳动
她轻轻用双手开启信封
又慢慢地把信瓤取出
打开一长一短的跪信

看了一眼
呜呜咽咽地双手捂着嘴哭了
她瞅着满纸泪痕的几个大字
"放弃探亲"，泪水淹没了天山

斜阳从玻璃窗爬入
照进这封承载着戍边战士
保家卫国的军人之心的信
她想起匆匆忙忙离别的丈夫
缭乱的心，揪着塞外的白云
化成支持丈夫的力量
她拿起笔，同样含着泪写了
一封回信

"亲爱的，支持你"
黄昏默默地洒下柔情
夜静静沉下，楚地
仿佛又听到路漫漫其修远兮
吾将上下而求索的声音

2023-9-23

独守孤灯

夜，黑得密不透风
严严实实地把大年送来
春节的炮声由远而近
二踢脚、小鞭炮肆意升腾
青蓝色的火药味散发着儿时的欢庆
母亲和孩子，妻子和丈夫
恭贺新春

红灯笼一盏一盏吊在屋檐、门洞
安神炮响起，灶神爷张着大嘴
乐呵呵在神坛嗅着百姓的烟火
一家人说说笑笑
几双手捏着一个团圆

昭英，回到自己的屋子
清凌凌的孤灯燃着思念的军营
泪水从脸颊流下
像一列双轨火车奔驰在荒野
萧瑟依偎在身边

此时
她不放心丈夫的老胃病
含泪又写下一封信

请求去部队看看丈夫
信写好了却迟迟没有寄出
烦乱的心，悬吊着
摆动在天山的上空

子夜敲响钟声
一声一声，一家人
忙乎着开始迎接财神
······
她回到自己的屋子
一个影子跟着走进
环顾屋里仍是她一人
坐下，一颗泪数着新春

2023-9-25

夜，很静

仿佛一片浩瀚的森林
静静地耸立在茫茫的夜空

这次妻子决心已定
带着治胃病的中草药
独自出关西行
风移天路，月转遥程
星星跟在身后
挽起静夜的白云

她从楚地坐汽车
转火车又转汽车
摇晃着走了近十天
来到独山子留守处

指导员因工作忙
没顾上接妻子昭英
昭英，耐心等候着
巍巍天山，一道彩虹
架起了两颗心

银河带着思念
在两个人的脚下流动

夜，又黑又静

只有，心亮着

……

2023-9-25

相聚

在高高的天山
等一个人下山，要比等一场
大雪难，意志盘着腿
稳稳地坐在天山

下午的阳光特别长
昭英，望着窗外的天山
想起长风几万里，由来征战地
扳着指头，一天一天数起
……
相思泪，近在天涯
心切切，楚楚望君还
今天是第五天了
山上也没个信，她低下头
抠着发痒的手心
一次一次地走神

忽然敲门，她问知
是部队的人，马上把门打开
通信员喊着：嫂子
我是七连通信员，指导员
李善国叫我们俩来接嫂子
昭英激动得晕了一下

通信员和上司按照连长的安排
坐连队买菜车把指导员的妻子
接上山，指导员下班回来
通信员一边跑一边说
连长让你住那顶帐篷
你去看看吧

指导员本要走回连部
又觉得通信员话里有话
一个人便走进旁边的帐篷里
一愣，才知道是连长出的主意

妻子见到丈夫
久久地说不出话
泪，一颗一颗
滴答、滴答

2023-9-25

这老乡俩

早晨，部队还在酣睡
指导员寻着黎明，在营区散步
走进炊事班，大司班长忙问
指导员有事吗
随便看看
班长又说：嫂子住得惯吗

指导员笑了笑，住得惯要住
住不惯也要住，嫁鸡随鸡，嫁狗随狗
嫁给官人做娘子，嫁给杀猪的翻肠子
嫁给当兵的转场子

说完大家都笑了
笑得天山露出了红红的脸蛋
随后，指导员走出炊事班
绕操场转了一圈，在连队大门口
望着1500米的飞线，站了良久

连长杨晓海看到指导员调侃着
"不回去转场子，站在这里愣什么？"
连长和指导员同年兵，都是湖北人
老乡俩配合得十分默契
是团里出了名的硬骨头连队

指导员向连长招了招手

连长跑过去立正敬礼，请首长指示

指导员笑着说滚开！连长向后一转

搂起双臂就跑

指导员赶忙说：站住！

今天你上山，我在家备党课

连长边敬礼边说，是！

说完走到指导员跟前

从衣兜里掏出莫合烟盒

又递给指导员一条纸

推开烟盒插口，把莫合烟

倒在纸上，指导员用双手的食指

熨了熨，两个大拇指压了压烟丝

食指一勾，将前纸压在后纸上

倒翻在左手掌心握住，右手捏着烟根

在手心转了几圈，然后切掉烟把

连长掏出打火机给指导员点烟

又把自己的烟点着

两股青烟在晨光中

盘旋着升上了蓝天

2023-9-26

情思对视

指导员走回帐篷
妻子已把早餐备好
他洗了手坐下，拿起一个馒头
掰开递给妻子一半
两人对视着笑了笑
早餐，特温馨

指导员取出横格纸
起身翻开一沓报纸，寻找
党课内容，一会儿写满了
三页16K信纸

妻子让他继续备党课
指导员说备好了，帮你干些活
拿起一块固体酱油，劈了一角
放到碗里加温水化着，又把
一块压缩干菜打开泡进盆里

午饭后
李善国总想着工地有啥事不放心
静坐了一会儿，告诉妻子
要去工地看看，妻子翻着一堆报纸
头也没抬，哦了一声

指导员撩起帐篷门帘，跨出一只脚
回头看了看妻子，妻子也抬头
看着丈夫，四只眼睛对视着
留下一道幻影

外面的风，呼呼地乱吼
突然她身体一寒，打了个战
一种凄凉从门缝钻进
妻子呆呆盯着门缝的这缕光
诡秘，仿佛刺痛了什么
她，开始了久久的沉思

2023-9-26

悲壮的一天

上早班的同志们正陆陆续续
返回营区，连长杨晓海仍在
工地和接班的战士们谈论
施工方案，忽然指导员
走到他们身边
一起议了起来

方案有了，推土机准备出渣
通信员急匆匆跑过来告诉指导员
营部唐教导员来电话找您有事
让您赶快回去，指导员说
知道了，话音还未落尽……

1976年7月15日下午4点左右

轰隆一声，山河摇动
时光断裂，数万方石头从悬崖上
坍塌，指导员、连长、王太林
李洪胜和卫生员唐培烈、通信员郑邦联，
六位战友被压在下面
生死未卜……

天空灰蒙蒙地飞起一股烟尘

乱石不断地滚下奎屯河

河水无序漫溢，形成两摊积水

呜呼！战士们大张着嘴

哭不出声，说不出话

泪水突然涌下，忽地跑上去

刨开乱石营救

泪，沉重地打着石头

悲痛，涌上天山

2023-9-27

老营长的泪水

这突如其来的大塌方，瞬间
把在场的人惊呆，一个新兵
怯生生地比画着连长和指导员
还有……却听不到他说啥
猛然，哇的一声哭了
情似拔开的河闸
卷起，滚滚泪花

老营长听到这个不幸的消息
剥开帐篷拔腿就往工地跑
摔倒了爬起再跑，爬起摔倒再跑
嘶哑的哭声惊起一山黑云
裤子磕破了，膝盖流着血
愣愣的像一个寻找孩子的父亲
一声蒙蒙悲咽，响彻长空

他跌跌撞撞跑到工地
看着塌下来的数万方石头
捶打着自己的胸口
像一个孩子泣不成声地哭着
吼着善国、善国、晓海、晓海
……

2023-9-27

大营救

快！快！快！
时间就是生命
"抢险敢死队"
以一排长王春德为队长立即营救
安全员，王志超观察着山体险情
推土机被埋得只露出铲刀尖一角

官兵们顺着铲刀尖往里掏
突然，石深红听到里面有微微的
呼救声，他马上贴着石缝呼喊
果然里面有弱小的声音回应

卫生员被夹在石头缝中
一块人高的石头落在他脚下
又倒在崖壁上斜支起
他被夹在中间，身体还没有受伤
就是感到出不上气

战士们把旁边的石头清走后
抢救人员用钢钎撬
用绳子绑着大石头向外拉
稍动了点缝，李群主和另一名战士
迅速把卫生员唐培烈拽出

夕阳缓缓地落进了山

抢救队黑得不能抢救了
只好等第二天继续
奎屯河的流水仿佛知道了
天山与英雄的故事
守候在天空的星星
向死难者致敬

2023-9-27

02

在冰达坂挺立，是生命的一个高度

追悼会

五天后，天微微下沉
石头落下的声音传递着祖国的悲痛
山河，花草，树木都在流泪
部队在七连营区旁边搭起一座土台
庄严而肃穆

刘玉虎政委与政治处
一起拟定了一副挽联
"碧血洒满天山捐躯为谁？
为国威军威振奋
十年夫妻分居幸福何在？
在千家万户团圆"
肃静地挂在台口两侧
青松落下千年泪
悲思燃尽九泉云
呜呼哀哉……

追悼会由团长王玉胜主持
政委刘玉虎致悼词

国家交通运输部、交通运输部兵办
新疆维吾尔自治区交通厅
00129部队党委

161团党委送来了花圈

各连队不约而同都用
天山上的松枝和盛开的鲜花做成花圈
活生生地围着一颗红红的心
仿佛把一座天山，一条公路
一个工区战友们的心都编织进来
表达一个军人，一名战士
一位战友的深切悼念
天山静静地落下一片片飞雪
六角星都竖着

2023-9-27

继承遗志

追悼大会刚结束
七连召开了"继承烈士遗志
誓死打通'飞线'"的动员大会
战士们纷纷上台表决心
声音惊破黎明，忠魂灌满长空

那些雪崩、塌方、飞线
老虎口跟着戗士们的誓师大会
化作一朵朵祥云，披在战士身上
与日月同行，天山渐渐苏醒
用它的身躯塑造着
烈士们的伟大人生

草木有爱，悲情动天
连队发起一轮又一轮进攻
七连干部程毅、徐水发、王春德
黄曙光、胡宝山，七连骨干
马喜珠、胡保才、李群柱、梅麦
阮化友、连德宝、周德元、张博学
蓝德成、方明友、谭九林、王志超等
数十名先锋，每天坚守在工地
大干了再大干

"飞线"经过120天的艰苦奋战

成功打通，161团三营七连

荣立二等功，被基本建设工程兵授予

"敢打敢拼的硬骨头连队"

2023-9-28

02

在冰达坂挺立，是生命的一个高度

大衣上的血说话了

追悼会后，风沿着烈士们的遗体
附上了哀思，奎屯河哽哽咽咽
奔腾着，水多了一份思念，峭壁
多了一份悲情，天山以洁白的
言辞送上崇高的永恒

几名战士护送烈士遗体
到乌鲁木齐火化
1973年入伍的山西战士陈德元
紧挨着烈士，遗体渗出的血
洇红了他的皮大衣
他感到了一种痛

烟囱的烟，直直地顶住天
五位烈士的灵魂
遥望着独库公路
雪莲花绽放的哀思和清风
习习吹动，西域多了
一种天山精神

人们让陈德元把大衣洗洗
他自豪地说，这是战友的血迹
看见它犹如看到战友

这不能洗，我要守候

一辈子

2023-9-28

天山独库公路

02

在冰达坂挺立，是生命的一个高度

三岔河

把爱给了山，山就开花了
用爱的声音抚摸三岔河的流动
听到的是激情，把所有的年份
都集中在这里，打开一座雪山
与一座雪山的深情

三岔河的水是雪山的影子
谁都不知道它的流动是欢呼春意
还是释放怒气
战士们无法预防它的行迹
不小心就会被泥石流吞噬

把脚插进泥石流，感知
一座山与水的关系，有时
会发现死神从不吝惜战士

一天战士们在施工
晴朗的天气照着山体
谁都猜不透下一秒的意思
轰隆一声几万方泥石流滑塌

快，快，闪开，闪开
山上的人吼着，跑下来

天哪，挖排水沟的三位战士
被埋在泥石流里

抢救填满了悲痛
山河、流水驮着永恒
所有的生命
都朝这个方向鞠躬

三岔河用战士的目光
写成了长长的祭文
天山忏悔，冰雪哀恸
烈士们静静地躺在那里
用生命述说着彼此
此生留在天山
心，常回梦里

2023-10-24

司令员登上哈希勒根冰达坂

胸怀人民，心就落不上灰尘
无论到哪儿，一路都是春风

1977年6月杨勇司令员
登上哈希勒根冰达坂
还没到隧道洞口
雪，从远到近地凝固寒冷
越野车颠簸着天山上的声音
杨勇司令员走下车
雪花，从云朵里飘来
战士们的谈论

走进洞内
锤錾的火花飞溅出意志
战士们把一块一块石头
装进破了洞的棉衣
胶粘手套露出的五指
磨破了血淋淋的山体

司令员看见，忙上前问
连长立正，手举天山敬礼
报告司令员："战士们施工
汗水渗湿棉衣，里面晒不干

外面干了，一折就破开了洞
如果再有一身棉衣换着穿就好了。"
司令员听着心里发痛，马上告诉
参谋，回去通知后勤部给施工部队
调拨足够的施工棉衣和胶粘手套
战士们鼓掌欢呼
司令员思绪万千，举起
右手按了按双眼

一周后
工作棉衣和粘胶手套运达连队
战士们手捧雪花
打开暖暖的春意

2023-12-16

老虎口的记忆

老虎口
天山第一道门户
怎么走都绕不开
一尊天降的卫士

独库公路行到此
一定要展开一场大搏斗
战士们用人做成梯子攀上山顶
钢钎凿开窟窿，绳索飘成路径

把石头磨成白云的战士
手一伸，就涌破了天空
战士们把锤声排成句子
塞进老虎口，让老虎开悟
铮铮誓言，筑起天路之魂

一天，老虎跳下山
英勇的战士用自己的身体
把它挡住，鲜血灌满了山谷
老虎口成了天山的一个典故

2023-10-24

姚虎成，我的好兄弟

姚虎成，我的好战友
我的好兄弟，说起你就想起
我们一同进京开基建工程兵工作会议
也想起你那闲不住的双手
和那双发现好人好事的眼睛

在北京，我们住在一起
我跟你抢着做好人好事
友谊宾馆的餐厅很大
咱俩推一辆小平车
挨着收餐桌上用完的餐具
油腻腻的手沾满了稻谷的香味
午饭和晚饭天天如此
收拾完正好赶上学习

讨论时我们抢着发言
你那朴素的语言总是从心底流出
清澈明丽，不带一点虚词
一声一声似打在钢錾上的铁锤
炽热，像抛出去的一团火

会议结束后
我们返回部队

后来你成为第四届全国人大代表
党的十一大代表
历史赋予你崇高的使命

在冰达坂
你一待就是一年
没有探亲假
也没有星期天
抽空还为战士们洗衣刷鞋
你是副营长，像一个老兵
没有架子，处处冲在前

星期天你带领推土机手上山推雪
邪恶的雪崩突然落下
你和推土机手连人带车被雪崩埋住
营里组织人马及时从雪堆里
把你捞出

邸海山政委在报务班
请求上级派直升机急救
由于姚虎成头部出血严重
最后，卫生队确认他已牺牲
战士们十分悲痛

我也很快得知消息，悲痛欲绝
思念我的好战友，我的好兄弟
你平素的行动像大地的泥土
生长着一种纯粹

中央军委授予姚虎成同志：

"雷锋式好干部"称号

部队迎来向姚虎成同志学习的高潮

天山公路又迎来一场春风

2023-10-31

喀什河

翻下哈希勒根达坂，就能
看到喀什河了，喀什河是天山山脉
与依连哈比尔尕两山之间
向西流出的一条河

喀什河穿过乔尔玛大桥
从烈士纪念碑旁流入巩乃斯河
又汇入伊犁河，人们称伊犁喀什河
315国道在此与独库公路相交

乔尔玛烈士纪念碑镌刻着
168位烈士的名字
他们长眠于天山深处
成为独库公路的灵魂

想起这些战友
禁不住眼泪往下流
像喀什河的流水滚滚奔涌
我站在纪念碑前
向烈士深深鞠躬

是的，重返天山独库公路的战友
都有此种感受，说不尽、道不完

战友情回荡在天山上空
如一声长长的啸鸣

2023-12-6

二道沟

河水之上的寒冷
随着雪水流动
二道沟紧挨着三岔河
河水，顺着高高的崖壁
流进了奎屯河
夜晚，星星和二道沟的幽灵
遇上了战士们

忽然，感知一股力量
是来自士兵的真诚
不怕风，不怕雨
生命的抵达，不断提升

战士们在二道沟搭起帐篷
转运悬崖上的狂风和奎屯河的汹涌
为早日修通独库公路，战士们用
自己的躯体铺出了里程

2023-10-25

英雄的战士

跳车，跳车！

快呀，快，快跳！

战士们吼着急红了眼

……

杨北城是1973年入伍的战士

思想过硬，是娴熟的推土机手

在配属老虎口施工中

小心翼翼把石渣往奎屯河里推

从路基到奎屯河垂直距离40多米

每推进河里一铲石渣

铲刀在山与河的半空担着

石渣扬起的灰尘打得眼睛生疼

此时，路基突然裂开一道缝

杨北城不舍得丢下推土机跳车

立即挂上倒挡加大油门往后退

退、退……突然

连人带车掉入湍急的奎屯河里

杨北城宁愿自己死，也不让精神亏

千峰掩壁，一路相随

英雄走了

英雄的父亲来到部队

大声呼唤着："兵为国，天然然；
民在心，爱瞳瞳。
儿子你是好样的！
爸爸来看你啦！你在哪儿！
我的好儿子！你为修筑天山公路
舍了命。"凄楚的声音
久久地回荡在山中

第二年，老人家又把二儿子
送到部队参了军
天山痛哭，河水泪涌
一位老父亲留下一个
永恒的家国梦
……

2023-10-13

乔尔玛纪念碑

乔尔玛
一个有深意的地名
人来此都是英雄
草居此长得特嫩
流水清清不沾一点灰尘
鸟，越此不用翅膀就能穿行
一个神灵都敬仰的地方
洁白、光艳、透明

历史上有一群不怕死的人
硬是把天山南北用一条公路贯通
从此南疆和北疆就连在一起
有什么事，立马就可以相互支持
我拿起枪，你拿起刀，合力
形成一方坚不可摧的阵地
来犯者必死

当然了，为贯通这条公路
可有不少官兵牺牲在这里
他们静静地长眠于天山
用灵魂聆听新时代繁荣的序曲

乔尔玛是独库公路的家园

栖息的灵魂守候着这条公路

也等待着亲人的来访

白云守望的纪念碑

高高耸立

烈士们把誓言融在山里

石头有了记忆，山峰有了意志

每一次见到亲人，都要把

月亮抱在怀里，用晶莹

的泪水诉说英雄的故事

时光易逝，我们没有忘记

修筑独库公路牺牲的168名烈士

平均年龄22岁，最小的仅18岁

感动历史的青春年华

让一条路增加了记忆

一碑天山立，南北共生辉

一串泪落进伊犁河

滔滔不绝，翻卷着亲人的思念

和战友们生死相依的铁血深情

当然了，还有参与独库公路建设的

新疆军区七工区，八工区的许多官兵

献出了宝贵的生命

纪念碑上镌刻着他们的英名

愿烈士们的在天之灵能看到

今天的繁荣，也能看到思念

烈士们的亲人和祖国人民

缅怀烈士们的天山精神

为新时代的军人、社会主义

建设者，注入我军的优良传统

不忘初心、牢记使命

担当起新时代的大任

是啊，每每西望

就看到乔尔玛烈士纪念碑

在天山高高矗立，老兵们

都要立正，垂首致意

2023-10-30

03

走进那拉提，
心遇见了旷美

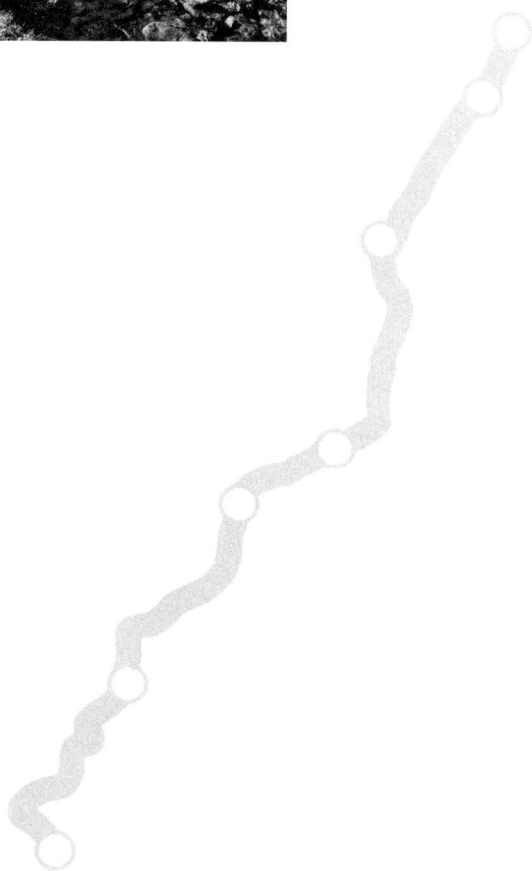

独山子

库车

那拉提扎营

一列闷罐车
逐渐地爬上了高空
西域的云，稀薄地漏下几个窟窿
望一望，深得惊人

168团从兰新线开进大河沿
转运到巴伦台火车站
由铁皮闷罐车换乘敞篷汽车
行到那拉提东风公社扎营

战士们在山脚下搭起帐篷
离团部不太远，放牧的哈萨克族牧民
骑着马围住我们，入疆的时候
我们学了一句话"亚克西"
他们听了高兴地竖起大拇指
又复制出标准的"亚克西"

太阳西沉，小钉锤还在
叮叮当当地响动，连长走过来
帮着我们搭帐篷，并说
加紧干，太阳落山天气会变冷

战士们忙着打好桩
架起前后两根大梁
然后把铺板挨着放上
太阳落山了，战士们
突然感到了凉
日头把热情带走
留下的就是苦寒了

司务长扛起帐篷，嚷着
把地灶里的木材抽出几根
星星掉进锅里像一粒闪光的大米
大司班长和副连长说开饭吧
饭冷了，战士们吃下会反胃
战士把热腾腾的米饭打回班里
就着一碟咸菜，嚼着夜幕的寒冷
感受着新疆与内地的不同
月色叠缀着今夜的天山大兵

饭后战士们打着手电筒
提着马灯，把帐篷固定好
星星望着战士们的青春
铺开了一夜热情

2023-11-8

建营房

卷起裤腿，一朵云飘过
脱掉上衣，天山裸露出英姿
今天，战士们要问问大地
咋样才能盖起房子

拿起锹，土山就来了
一锹一锹堆起，水和着双脚
踩泥的声音，像极了小孩子
点燃的鞭炮，噼噼啪啪在闹

脸上的泥，像一棵树结满果子
坯子啊！老是缺棱少角
望望蓝天，此时班长开了窍
加点土，把硬度掌握好
五行摸了摸战士的手
古树发了芽，春就在心头

坯子有了，再上山打草
一捆一捆背下山，趴在梁上
搭起避寒的茅室，那拉提
长出一片新苗

2023-9-15

人民的力量

刚入天山
部队像掉进了一个黑洞
左不知方向，右不知里程
战士们傻傻地望着白云

团里请求当地政府援助
哈萨克族大叔赶着七匹马来到五连
大叔给战士们传授马的习性
教战士们捆绑物资的技能
还有安全事项

此时，我又看到了人民战争
如何汇聚人心，打开力量之门
战胜邪恶，让光明
永远生长在人民之中
是的，我们一定不能
丢掉这个光荣的传统

2023-9-15

八连

00123部队的八连紧挨着三营营部
离团部直线走，不到一顿饭的工夫
但，走上去也得气喘吁吁
因为这是等高线上的距离

八连的任务是在3400米高的
玉希莫勒盖冰达坂的南洞口掘洞
每天早上站在团部就能看到战士们
戴着头盔，排着大雁般的长队
走上冰达坂

也能看到他们晒衣杆上的
一件一件棉袄，长长的铁丝
挂着一行一行记忆
歌声和报数声，从破了洞的
棉袄里吸满阳光的热情

每逢天黑，梦里藏心
有时还会听到
上夜班的呼噜声
流进内地的小山村
酣睡的夜晚肃然起敬

亲人都能理解战士们

是在干一件好事情

2023-8-16

49公里

49公里是00123部队
从那拉提沟口零公里算起
北上盘旋到玉希莫勒盖冰达坂的一段
里程。
海拔3400米
是常年积雪的冰达坂
我在这里待过

拐个弯下去，海拔就低了
还能看到雪鸡、旱獭子
和山崖上的雪莲花
狗熊也是常客
战士们不惹它
它也不怕战士们
时间久了这些动物把营区当成家
就连炮声，狗熊都能听懂是干啥

战士们走上工地，常常披风挂雪
毛茸茸的两只眼睛，看着天涯
镐和锹仍然是第一想法
剩下就是手推车满载的石头渣

一车一车，哗啦哗啦倒在山下

青色，坚硬地掩盖了晚霞
洞内，风钻碰响了豁达
洞外，钢钎撬开了辽阔

战士们自豪地说
我们的声音能把一山冰雪融化
清清的是水，静静的是夜色
军营里盛开着一朵雪莲花

2023-8-5

我心中的政委董家兰

穿上军装的新兵，看什么都新
下老连队的那天，说啥也
按捺不住那颗激烈跳动的心
敞车上，天空在北疆移动
一片白云飘起，我问
连长是啥样的，班长是啥样的
还有神秘的营区，喜悦翻滚着
我也走进了神秘……
寻找通向圣殿的彼此
你看见我，我看见你

到老连队了，下车的时候我看见
一个人，坐进一辆吉普车
车旁边立正站着两个人，挺着胸
行军礼目送，我猜想这神秘的情景
像雪山的影子，前后移动

一个老兵把我领回班里
挨个地给我介绍：班长，副班长
和班里的战士，每介绍一人
心里就神秘一次

我看着他们火一样地燃烧
仿佛不像是人，神秘又在心里
增加了一层，以后我就
细心地探究着这个秘密

要上天山施工了
营里开施工动员大会
奇怪的是，在营部我又看到了
下连队时那辆吉普车，还清楚地
看到从车里走出的那个人

中等身材，步伐矫健
边还礼边和迎接他的部下握手
场面很庄重，透出一种暖暖的深情
信任高高地举起那颗战士的心
初衷，播撒着一颗神秘的火种

会场上有好多战士上台发言
声音飞向天空，那么热烈，那么坚定
耿耿忠诚，像绽开的鲜花
战士们一个一个抢着上阵
我坐在小马扎上听着

主持会议的人说
欢迎董政委讲话，他起身向大家致意
此时我发现，正是刚才从吉普车上
走下来的那个人。坐在旁边的老兵
低声对我说，董政委可了不起

他参加过渡江战役，浙江剿匪
抗美援朝，西藏平叛等战役
今天，落实领袖"要搞活天山"
的指示，带领咱们00123部队
走上天山筑路

我听着董政委滔滔不绝的讲话
山东口音，既火辣又耐听
字字有根，句句坚定
像击打在青铜器上发出的声音
旋律在空气中能看到转动
主题是："参军光荣，锤炼
一颗战士的心，能吃苦耐劳
不怕流血牺牲"
此时，我朦朦胧胧感知到了神秘
之后，我就沿着这条线直直地走
做一名好战士，我在直属连队
那年，党总支批准我成为共产党员
几十年过去了，我仍然能听到
他响彻天山的话音，在耳边
那么亲近、雄迈、醇深

2024-3-31

从那拉提入山

盘旋到玉希莫勒盖冰达坂
厚厚的雪盖着山峰
草在这里无沄扎根
水失去了柔软的流动

战士们却在这里扎营
要从冰达坂挖一个洞
你扛着风钻，他架起水平
南北的轴线啊
轻轻地能看到士兵们

一个洞有了雏形
南口、北口同时开工，风和雪
急得两眼发红，非要把战士赶下山
最后，风雪双腿跪在山顶
给战士们低头认输
微风拂着铁意，金霞和紫云
款款地落在战士身上

从此，战士们的脸上就有了
厚厚的紫外线，黑得像营区里
转来转去的狗熊

太阳，把战士认为兄弟

每天在一起相迎相送

2023-8-12

捕蛇

从49公里往北延伸，一个
连队在56公里的地段施工
山内悬崖峭壁，丛林纵深
狗熊、山鹿，还有好多蛇洞

战士们打风钻，蛇常常攀上身
嗅着战士们的味道爬动
有的自然离开，有的缠着不动
像睡着似的，但你要动它
它会吐出红红的舌尖向你进攻

有时山洞里爬出几十条蛇
密密麻麻吓得人浑身起鸡皮疙瘩
南方的战士会捉蛇
几名战士跳进蛇群
一会儿就把几十条蛇
抓住，扔下了河

晚上，蛇跟着连队
爬进帐篷，爬到炊事班的锅台
炊事员用铲子一条一条活活打死
有的爬到战士的被子里
早上起床才发现，吓得战士们

抡起铁锹就往死劈

天山上常有又悬又喜的事
一天啊扛着无数个惊奇

2023-12-9

03

走进那拉提，心遇见了旷美

掘洞玉希莫勒盖冰达坂

玉希莫勒盖
一座白雪皑皑的冰峰
海，为你灌足了水分
风，为你储备了长长的里程

一万年也遇不到一季春
战士们啊！在冰达坂上冬复冬
一顶帐篷打开了冰冻的时空
昼夜不停地掘进

天山一丈雪，拒雨千里外
下班回到帐篷里，缺氧的炉火
煨着分分的火星，捅一捅
炉膛飞起一地燃不尽的黑尘
落在饭盆里、被子上，毛茸茸一层

化了冰的地面，帐篷跟着下沉
直到挨住石头，帐篷已钻进山体
一米多深，露在外面的只是顶棚
天山是战士的家，战士是天山的雪
分不清，一轮天山月

此时，就连李白的诗句

也会感到缺氧头疼

何况，我这个现代诗人

叙述这样惊天动地的场面

深感力不从心

但是，请同志们慢慢往下读

看战士们如何在这里施工

三班倒，穿着晒不干的棉袄

潮湿，寒冷和头发梢垂下的冰柱

像一位成了仙的道人

手掌上运转着倾斜的天空

高山缺氧、头疼、恶心

都是战士们最亲热的朋友

紫外线把黄皮肤照得鼓起来

一副黑墨镜戴在头上

仍挡不住雪盲的靠近

多少战士睁大两眼看不见天空

初来乍到的人，你真不知道

他们是天上的人，还是地下的神

雪映天山大，有眼看不清

走进冰达坂，仿佛到了水帘洞

洞里的水哟从山的顶上往下滚

战士戏雨拧成弦，手指轻轻一拨动

声音和着隆隆的炮声

冰达坂又像老龙宫

千灯万盏挂洞中

洞内的灯火胜夜空

战士仰头数星星

一颗一颗躲进云

老班长笑着手提冬

掰下一半还给春

另一半悄悄发了芽

玉希莫勒盖啊

傻傻地望着这些士兵

2023-9-1

仍然激动人心

十二公里
天山公路的一个地名
战士们神奇地称它为小桂林
飞流像挂在天上的一根白麻绳
细细落下，撕开一朵白云
有时又像一架天琴，呼啦啦
拨响了万物的声音
顿时汇聚于此，优雅、迷人

天山行的电影就在这里拍摄
五连的战士们参加了全过程
说起来，仍然激动人心
李雪健用过班长的刮胡刀

还记得从窗口探出头的那个战士吗
他是五连文书孙晓光，挤在人群中
指挥的还有五连排长
此时，我不由得张望天山
那轮溢出鲜血的夕阳
是多么坚固的一道北疆

多少风雪，移步天涯
我一次一次寻找，那拉提

砍树沟，二大队、巴音布鲁克
四十九……一幕一幕闪过
一句一句陈述，那些
不惧生冷的钢铁战士
一个地名让一座山和战士们相依为命
此时，我仍能感到它的血脉在跳动

2023-9-13

天山上的旱獭子

你知道旱獭子吗，你抓住过旱獭子吗
你看过《天山行》电影里的旱獭子吗
你能猜到那只旱獭子是从哪儿来的吗
现在，我告诉你一个真实的故事

当时《天山行》拍摄电影时
影片里有一段捕捉旱獭子的虚构故事
那是在独库公路00123部队
12公里五连住地拍摄的
五连承担了抓旱獭子的任务
战士们哪来此闲情，都不情愿
把虚头巴脑的东西搬上荧屏
战士们的手指都颤动
但，也得硬着头皮去完成

这个任务啊！让连队真头疼
一周，六天已走过
指导员正想着，派一个班的人
去挖旱獭子洞，从洞里捕获
旱獭子，忽然听到外面有一只旱獭子
在编织袋里乱叫，文书告知了指导员

大家围过来看时
正见拍摄组急忙赶过来
拴住旱獭子的腿
放在草地上追逐
战士们开玩笑地说，胡闹
指导员跟着笑了笑

2023-9-13

天然血库

能读懂一棵树的人
心就贴近了自然
血脉就能和自然互通
那拉提住着这样一个连队
每个战士都有这样的功能

凡是在天山上施工受伤的战士
拉下山送到155野战医院抢救
加工连都要做好献血准备
155医院称这个连队为天然血库

茫茫天山，战士们眺望着
血，流进黄昏的时候
冰达坂矮了一尺零六寸
战士们把胳膊伸向天空
星星滑下山顶

加工连的战士们劈开
年轮，与树干诉说着真情
冰达坂有必要告诉天下人
这里有一个献血的连队
是天然血库

2023-9-19

七口棺椁

天山啊
为啥这样不近人情
一场雪崩将一辆下山的汽车掀翻
七名官兵被埋在雪中
活蹦乱跳的心在白雪皑皑的天山
停止了跳动

加工连的战士们含着泪水
制作好七口棺椁，在停车场等候
12公里开完追悼会的烈士
送往155医院东山烈士陵园安葬

山低下了头
默默地为烈士们送行
伊犁河咆哮着
仿佛为青春诉说不平
烈日和寒冬缓缓地抬起灵车
为烈士们送上一程

烈士携起洁白的灵魂
走进了人民的内心
我没有下山，站在山顶
心痛地哭出了声，挥着手

向烈士们鞠躬致敬
155医院东山烈士陵园
揪着筑路战士的心
黄昏永远无法燃尽

2023-9-19

03

走进那拉提，心遇见了旷美

我与五连

说起五连，我很激动
因为，我与五连是亲叔伯弟兄
不信你去问问高峰、范青云
孙文峰、李学文、郭润才、赵满福
史才顺、乔玉亭、翟福、李虎、孟铎
张吉阳及一排、二排、三排和勤杂兵

他们都知道我是哪一年参军
因为我们是一个营
加之我常去五连修理内燃机风钻
虽一时叫不上名字
战士们却早已记在心中
巍巍雪山都是战友们的化身

一别十年后，天山有回音
在49公里，从二机连的两顶帐篷
往左走，一偏腿就到了四连
往下一遛就是五连

1976年我们在49公里
度过了一个非常悲痛的日子
"悼念伟大领袖毛主席"
雪飘飞着落满天山

2023-9-14

打导洞

导洞，大洞上边的小洞
远远望去像黑黑的眼睛
摸不透，看不懂
揣着一山的光明

导洞低矮，又很深
洞内的空气不能流通，放炮出渣
特别考验人，既灵活还会使巧劲
像石头缝里穿针

洞里的黄尘迂回着
说啥也不肯走出洞
仿佛他们在迎接一场命令
山缩紧了身子

出渣还要跪着
点燃的马灯忽闪忽闪
气不够用，如果洞塌了
天山就是你高高的墓茔

刺鼻刺眼的硝烟
除了让人咳嗽还让人恶心
晕倒了，拖出洞外换换气

醒来了，再钻进去施工
战士们啊，每天就这样
把日头翻起来，又推下去

2023-9-15

打前站

一支小分队
是一个营的先锋
他们由排长带队
领着炊事员和两个班的兵
开一台履带车
带着车斗向天山运动

目标是42公里的山腰
顺着便道穿过沟壑行进，履带压着
厚厚的雪嘎吱嘎吱前行，像琴声
弹响雪山的宁静，战士们坐在
车斗上跟着白云一起移动
雪无意，风又开始飘起

车行到一个陡坡处
就无法前行了
剩下的就是体力劳动
战士们一肩一肩背着夕阳
用雪水煮开静夜的星星
一颗一颗跳进战士们的帐篷

皮帽子戴在头顶再扣紧
皮大衣不敢脱下身

被子裹在身上露出一个气孔
明月钻进帐篷窥视着战士们

早晨，大头鞋砌进泥坑
床板和地面冻得特紧
被子上的雪落下厚厚一层
起床，我呼值班的小李
怎么不吭声
再呼喊战士们
没有一个出声
我推他们，也不说话

天哪！吓死人！
我赶紧把带上山的木头点燃
加到炉子里驱寒，一会儿帐篷
内有了温度，地下的冰化成泥
再呼喊战士们，惊喜
他们缓缓地开始答应
我又推他们
他们都睁开了眼睛

啊！这真是青春的活力
一腔热血可亿乾坤
天山，你看见了吗
玉希莫勒盖冰达坂
站着一群钢铁般的士兵

2023-9-18

天山就是你的墓碑

用天山做一块墓碑
那是何等的高贵
可战士们啊，从没有想过
像一株草生生灭灭于大地

五连
二班奉命在68公里处
较窄的河床搭建便桥
王泽年腰系一根燃过的导火索
像围住天山的一团火
慢慢地燃烧

寒冷的水，流得湍急
仿佛要把山上的雪吞干
一波一波翻起深藏已久的期盼
太阳斜着身子望着对岸

王泽年用绳子拴住桥体
由对岸的战士往过拉
突然，一波恶浪将他带走
他挣扎在水里，和恶浪对决
李远利看到战友被冲到河里
迅疾地跑到前方跳进河

站在一块大石头上，伸手把

王泽军的手抓住，使劲往上拽

河水猛涨，李远利一只手扣着石头

一只手死死往上拽，浪猛打

李远利毫不畏惧，坚持要把战友

救起，后面几位战友跑来了

突然，一个一米多高的浪潮打来

李远利也被卷进河里

天哪，怎么这么无理

两名战士被恶浪掠走

生死不详，战士跟着河水跑

始终没找到搭救的机会

直到跑至中苏边界

才将烈士的精神捞起

战士们仰头、含泪、惊呼

王泽军、李远利你们在哪里

天山从独山子到库车落下

一场暴雨，独库公路啊

就是烈士们躺着的丰碑！

2023-9-20

坐土飞机

五月，上山到42公里施工
除了汽车能运到27公里，剩下的物资
就要走"长征"了，战士们把床板
被褥、煤炭背上去，还要背食粮等

战士们一趟一趟背得十分疲累
下山时就把棉衣垫到屁股底下
撸起袖子像滑雪一样往下滑
战士们风趣地将其叫作"土飞机"

雪山无奈，只好被战士们骑着
跑来跑去，天山也为战士们
欢呼，42公里露出了
战士们钢铁般的谜底

2023-9-21

在3400米之上

冬季，大部队下山休整
留一个连队在49公里看守山洞
49公里是玉希莫勒盖冰达坂的代称
海拔3400米，冬季每天飘雪

山顶上的战士
石头一样坚硬
一米多厚的雪
一天不扫就能压塌帐篷

用帐篷抵御高寒
里面住的都是"神"
馒头扁塌塌地粘着牙不动
米饭煮不熟老在60度的温水里滚

饥饿与寒冷一起围攻着战士们
连咸菜都不敢多吃一根
坚持，是照亮前途的一盏明灯
副连长王茂功主动带头站岗
夜间挨着给全连战士加火炉
查看每个班的御寒防护
早上起床，雪堵住了
帐篷的门

正义住进心里，光永照人间
狼嚎，是每个夜晚的琴声
风雪伴奏，夜晚成了战士的晚会
哨兵，借着月光查看深山的动静
一群狼穿过营区，哨兵很镇定
像修成的山神。邪恶
始终不敢靠近战士们

2023-9-21

03

走进那拉提，心遇见了旷美

班长，我要看看团部

一个兵，从入伍到复员
一直坚守在玉希莫勒盖山顶
临复员时和班长说，想看看团部
班长顿时热泪盈眶

四年了，一个湖北兵
为早日修通独库公路
任劳任怨，老抢最苦的工作做

去年入了党
今年要回去侍养老母亲，也许
这就是他生活中的幸福
把一颗心还给原初
可惜痴心难两全
一生面对苍天

离开部队时很难受
紧紧地握着战友们的手
告别了玉希莫勒盖冰达坂
来到那拉提团部
他和战友们合了影
又抱住团部的柱子转了几圈
端端正正敬一个军礼

然后放开声哭
战友们听了都难受
心中荡起一弯清清的湖
忠孝找到了人性的归属

2023-9-20

03

走进那拉提，心遇见了旷美

钢铁战士陈小平

夜色拉近
山洞被一锤一锤轧得通红
山体也渐渐地有了孔
圆圆的能装下夕阳的深情

战士们收拾好工具准备下班
洞内作业面突然溢水
水势越来越大
直直喷出一米多高
陈小平立即意识到
堵不住这股水，会给隧道
造成巨大的损失，排长
陈小平大声吼着，堵住它！
扑过去坐在泉眼上
用自己的身体压住泉眼
并迅速脱下棉衣填进去
水从他的脖子上喷起
像一条河围绕着他

战士们见状，齐声高吼
堵住它，堵住它！
边吼边脱下棉衣棉裤往上堵
赤胆飞出钢骨

然后又集中沙石往上压
战士们浑身是水，满脸是泥

泉水渐渐被压回
一个排填进27件棉衣
19条棉裤堵住了溢流
山洞避免了一次事故

战士们互相看着
这裸露的大腿、小腿还有
糊满泥巴的屁股和起伏的胸脯
都是对恐惧抛出的一块石头
天山落下惊心动魄的一幕
27个人像天山27尊英雄的雕塑
姿势不同，各有风度

一群人笑着走回了连队
从此，排长被人们冠上了一个
绰号，拼命三郎，天山
多了一条有意境的棉裤

2023-10-18

他大喝一声

在玉希莫勒盖隧道施工
警觉地感到头顶有碎石跌落
观察到支撑木上的岩石有松动
石子顺着缝隙滑落
像一声声话语传来神秘的音讯

邓国辉警觉地感到这是塌方预兆
他大喝一声，不好！要塌方了
快，快往外跑，他却边喊边
往里面跑，撵着全连战士安全撤出
突然发现四川兵落在后面
他冲上去一把将他推出十几米远
刚好越过塌方线，就在这一瞬间
哗哗啦啦，塌方发生了
道路被堵，洞内漆黑一团
连长被堵在洞内生死不知
英雄常常宁愿自己死
也要让别人活下去

战士们不顾塌方的危险
翻身扑过去，用锹镐手推车
清除石渣，手磨破了都无知觉
腰累弯了都舍不得展一展

经过六个多小时的抢救
终于找到了连长，他昏过去了
战士们赶快把他背到营部进行抢救
第二天他睁开了眼睛
第一句话就问有没有死人
指导员激动地说
连长，全连都安全
你活着就是大幸

2023-10-18

03

走进那拉提，心遇见了旷美

02

你认识了天山，
天山就爱上你了

独山子

库车

我的战友

我真不想说起此事
因为一说，就会让战友们流泪
还是不说了吧
就把它藏在心底
用盈盈月光去慰藉

也许，这有点自私
那就说出来吧
请战友们跟着我一起缅怀
英雄的故事

老班长明天就要探家了
今天还要坚持带班
黎明静静地跟着他
站在山崖、林间、草地
和一条路的弯道旁
等待着汽笛鸣响

一声炮响，老班长发现
这掘开山石的轰鸣怎少了一声
他让战士们等着，自己去查哑炮
他找到哑炮的位置，轻轻用手刨开
没想到啊，此去却化成黎明的重影

我讲不下去了
因为，此时不知怎样
面对他的父亲、母亲
但我知道，勇敢是真理的一种
永远热烈而光明

战友们摘一把天山上的松枝
颤抖的手掩着一腔话
轻轻地盖在烈士身上，淌着
滚滚的泪水，向烈士
鞠躬！鞠躬！鞠躬！

2023-9-14

雪崩救人

太阳红红的，突然
雪崩埋住人啦，雪崩埋住人啦！
快！救人，快救人！
山上的人在吼

公路上六名战士
正在整理排水沟
瞬间被山顶滑下的雪崩掩埋
洞外的人们立即冲上去

雪崩，那样残酷
死死把六名战士压住
出不上气，翻不过身
也许，牺牲是战士崇高的人生

猛然，看到一只胳膊伸出
战士们赶快把他拽起
一个战士被抢救，战士们急得
呼喊着，战友，战友，伸伸手！
我们来救你了，你一定挺住，挺住
一轮一轮奋战，把六名战友找出

送营部卫生所，紧张地抢救
由于被掩埋的时间太长
后面的三位战友牺牲了
成了天山的种子
前头三位活了
冰达坂顶出了新芽

平凡铺开英雄路
日月同照战士心
战士们无奈，只好含泪
守候在死者身旁
用军人的背膀，烈士的尊严
默默地为他们的父母祈福

2023-9-21

给蝎子写封信

在天山，每天都能遇到神
不管是一株草，还是一只鸟
它们的生命都有千年的修行
战士们在山里筑路
首先要和它们沟通

是的，任何生命
侵占了就会惹来一场战争
古老的山体，杂草丛生
草林中蝎子们相互依存
有一天战士们把草砍掉
在石崖上放炮

蝎子发出不容侵犯的信号
大批蝎子趴在战士的背上
手上、脚上、头上乱扎
战士们顾了头顾不了脚
你打它，它也不跑
直到把它打死了
尾巴还扎在你的肉里

白天赶走了，晚上又回
仿佛它们有种信念

从山里生出的生命
死也要死在山里

晚上一个战士悄悄
给蝎子写了一封信
用针线包缝进小包袱，头枕着
也奇怪，第二天到了工地
一群一群蝎子搬离了现场
初夏的山间露出一张笑脸
战士们深情地在山崖写下
两个字："感谢！"

2023-12-15

天山上的早操

我想用一首诗叙述
天山上一个施工连队的早操
太阳还闭着眼睛，三连的战士们
就在3000米之上的便道喊口令
一个连队排成长长的一条龙

穿过厚厚的雪山与黎明相碰
声音覆盖了整个山顶
一道光轻轻切开
黄金般涌动

跑了一公里
连长喊，自由活动
战士们在便道上扭扭腰
压压腿，做做深呼吸
班长们讨论着施工中的问题
排长和连长比画着边坡、排水沟
挡墙的几何受力，十分钟过去
连长把部队带回

2023-11-12

修旧利废

在深山里施工
一颗钉子都是宝贝，许凤岐
把扔掉的废罐头桶捡回，用剪刀
把铁皮剪下来，焊成漏斗
给机器的水箱加水

虽然是一件小事
但，它解决了当时的很多问题
节约了水、节约了汽油和时间
他的这一举动，冰雪感到惭愧

天山啊，悄悄把恶劣收回
每一片雪都化成歌颂战士的文字
让滴水穿石，在战士们手中生辉
梦想和天山并肩而立

一个部队保持了优良传统
走到哪儿都是困难的克星，因为他们
体内有钢铁的意志和苏醒万物的智慧
天山飘扬着一面00129部队的红旗

2023-9-22

普通一兵

装备股，是团里的钢铁支柱
每一颗螺丝钉都是一个生命
一紧一松关系一条路的修成
像挂在墙上的进度表

胡文斌在装备股工作十分认真
像星星闪烁着，照亮了夜空
他虽是装备股股长，却每天下连队
对全团的机械配备情况
掌握得一清二楚

柴油、汽油、润滑油，轮胎
气泵、千斤顶。山上配了小仓库
一次，他在检查连队机械设备时
发现山上的柴油不足
他叫上姚国全连夜驱车赶到油库
送往42公里一车柴油
保证了施工没有延误

胡文斌工作很用心
事虽不大，却环环相扣
不能断链，不能停工
独库公路的节拍像一个齿轮

啮合于另一个齿轮

让一条路有了运转的生命

2023-9-22

去巴音布鲁克慰问部队

只要是为人民做好事
人民永远不会把你忘记

巴音布鲁克
蒙古语意为丰富的山泉
是亚洲最大，我国唯一的
天鹅自然保护区
明净的湖水弯曲成无数个镜面
白云荡漾在湖面和天鹅一样多

猛然间你能看到十九个太阳
在弯曲的湖水中闪现
一会儿是圆的，一会儿是长的
变化中你能听到一曲土尔扈特等部落
从伏尔加河流回巴音布鲁克草原的牧歌
和蓝天一起盘旋，像草原的衣裙
舞动成蘑菇盘、牦牛伞、星星碗
你吸一口空气，肺部的扩张啊
让草原和你一样辽阔而舒坦

巴音布鲁克
独库公路从草原经过
00123部队十一连在这里施工

顶着烈日的高温，试验
高寒地区如何铺设黑色路面

战士们严守纪律，下班时
在公路上遇到两捆岁开的羊毛
连长胡永胜派战士们把羊毛收好
不要叫风吹跑，等待失主来认领

太阳落山，星星升起
半夜了，一位哈萨克族牧民
赶着牛车来这里认领，战士们
认定后，帮助牧民装上车
踏着星星走回了营区

牧民十分激动，回去没几天
带上马奶酒和馕来部队慰问
蓝天飘过一朵白云
人心净处全是春风

2023-9-20

朝霞初露

下了夜班的同志们
披着朝霞走回连队，冰达坂
闪动着笑意，缺氧的空气
游离着，另有一番滋味

战士们脱下工作服倒头就睡
鼾声一会儿聚成春雷
梦仍然在山洞里
形成一种特有的致意

朝霞初露
营区里，战士们静静地
拿起牙具刷牙、进行洗漱
火墙上排成队的羊毛鞋垫
弯弯地翘起，像一条
挑起天山的扁担

2023-11-6

晚点名

这个晚上
集中一周的事情
连长在这里，把
白昼和阳光重新诞生
时间有了走钢丝绳的技能

一个连队压缩了好多时间
严肃地对待着自己的生命
战士们最喜欢多付出，多劳动
连长表扬了这种精神

跟着他又讲到内务卫生
整洁干净，方显做事认真
筑路，亦像攀登科学的高峰
马虎了，就会出漏洞

各排有各排的长短
互相学习多多鼓劲
后者是前者的园丁
前者是后者的路石
战士要从未来看待自己
一个一个都着迷

整齐的队伍站在夜空下
值班排长喊了"立正"
转身敬礼，报告连长
连长清脆地下令"带回"

2023-11-7

04

你认识了天山，天山就爱上你了

洒泪祭奠忠魂

从玉希莫勒盖冰达坂往北延伸
在68公里弯道扩宽的施工中
为了进度快，五连发明了旱獭子
打洞，一炮能把路边扩宽十米多

进度大大提前，战士们很高兴
发明常常有付出，一名战士
检查炮洞时被塌方埋在洞里
连队立马组织人员抢救
战士们刨开泥土、石头
发现了战士李孝功

白白的脸，闭着十几岁的眼睛
手里还握着一个小笔记本
上面记着炸药、导洞、长度
和昨晚写下的心得体会
还有那份入党申请书
战士看着不由得放声大哭

天山啊，为啥路还没有修通
就要埋下烈士的忠骨
长眠于此，守候这条公路

让战友们常怀思念

洒泪祭奠忠魂

2023-9-22

04

你认识了天山，天山就爱上你了

打碎石

从宜昌教导队刚毕业的尹清源
一回到连队就承担一项艰巨的任务
连里让他带一个排打石头，拌混凝土
石头都从山坡上捡

战士们在49公里的山下
一干就是一天
搬石头全是人背肩扛
一天，山上山下来回跑
一双手磨破了
血溢红了天山晚霞

十个指头攀天
一双脚印朝阳
中午送来的饭
手蜷不回去握筷子
打碎的石头像刀子一样锋利
挨着就划破了皮
一道一道血口
流淌着战士们的体温

口渴了没有水
嘴皮干成盐碱地

叠加着翻起的干皮
一层层立起
战士们很乐观
常常互相攀比
一车一车石子
运到被覆的工地

2023-9-22

04

你认识了天山，天山就爱上你了

高山反应

你登过天山吗，你知道
高原反应是什么样子吗
回答这个问题，最精彩的
就是修筑独库公路的战士
因为他们复员转业后
仍留下高山缺氧的残迹
不是头疼就是咳嗽
一条路伴随着他们一生

那年，我在医院遇到一位
施工连队的战友
讲述了他在天山修筑独库公路
落下的后遗症，但从不向党伸手

打通玉希莫勒盖隧道
他在天山待了12年
大部分时间在海拔3400米
的冰达坂，每年的探亲就是一次
重新适应，返回天山有
半个月的头疼

这头疼啊
像晕车，也像喝醉酒

有时又像感冒

嗓子干，喉咙痛

关键是一天没有一刻消停

就这样慢慢熬过一周

此后，一天一天变轻

两周后恢复正常

头疼的时候真有无法忍受的过程

战士们坚守在雪山上，有的

献出生命，有的落下残疾

回想起那些年月，真有说不完

道不尽的深情，并成为筑路

战士的"天山精神"

2023-10-19

站在天山望北京

抬起脚
眼前不是雪山
是一片大海的红
天安门冉冉腾空

坐上飞机，钻进云层
眼下是棉花的白和雪山的静
茫茫白云，飘起一颗激动的心
从天山到北京
那是一场幸福的飞行

机场上的脚印很珍贵
你一双我一双被长长的地毯收藏
北京的十月稍有点凉
雪山上的衣裳显得格外长
进京了，紫外线晒黑的脸膛
闪着首都的光芒

人群中我们感到了首都的热情
那年我们进京开会
英雄的战士们
受到了党中央的表彰

2008-10-11

紫外线

光和光的瞬间变化
会产生一种能量，这种
能量留下的记忆，会让人
一生丢不掉，抹不去

紫外线强烈地刺入人的皮肤
没有登过雪山的人
感受不到紫外线的强度
一天就能把人晒黑
圆圆的脸蛋像黑云里
映出的夕阳，那年
我从乌苏设计空压机站返回
第一天就上玉希莫勒盖冰达坂
安装空压机站，仅一天
脸蛋就被晒得黑红黑红
墨镜下的眼圈像两个空空的洞
第二天感到有点浮肿
像针扎一样麻酥酥的，又痒又痛

玉希莫勒盖冰达坂的雪
反射着火辣辣的银光
一双水汪汪的眼睛，仿佛
海就在你的脚下蠕动

我不小心碰了一下
脸皮，生疼生疼
紫外线扩散着
一张脸像洇黑的盐碱地
皱巴巴地翘起玻璃般的干皮
如果你不说，路遇时
老远就生出对狗熊的警惕
其实他是天山上
一名筑路的战士

2023-12-6

炮声抖动了几下

放炮了，连空气都紧张起来
天空做好了接纳的准备
此时，推土机在半山腰把履带脱
急啊！离放炮仅有十分钟啦
时针，把心摇得嘀嗒、嘀嗒

王保国挥舞大锤
把履带销子往里打
太阳憋红了脸躲进山崖
李金良，快把推土机往着发

嗒嗒、嗒嗒　几秒钟
油上不来，啊！小引机没油了
快！用小引机摇起铲刀往下滑
我们的动作惊呆西天的晚霞
哗啦啦的履带声像奔腾的万马

保国！打左舵，金良！踩刹车
我猛地挂了一个挡
推土机嗒嗒嗒，着啦
敏捷地开在安全地带
三个人的笑声啊
把炮声抖动了几下

2001-6

独库公路指挥部

在乌鲁木齐火车西站，天还没亮
天山"独库公路指挥部"总指挥
隋常全就站在操场，他望着
巍巍天山，脑海里呈现出
独库公路修通后的动人情景
喜悦打开他的内心，两颗星星
碰了碰脚印，他轻轻走回办公室
翻开笔记本，把今天开会的内容
又仔细看了一遍，胸有成竹地坐下
思绪沿独库公路一截一截展开

五月的北疆，春意渐渐上涨
乌鲁木齐火车西站已感觉到了
新一年的蓬勃与敞亮
春潮的灵光不时闪烁在远方
招待所的小白杨叼起了
温暖和吉祥

几位来自新疆军区的团长政委
和基建工程兵00129部队
的各位团长政委
走出饭堂，边走边聊着
修建独库公路的难度

以及战胜困难的方案
00111部队长卢双有风趣地说
我们有愚公移山精神
一代一代筑路，何愁不通
00123部队长田万福接过话题肯定地说
不能留给子孙，我们一定要修通
00122部队长王玉胜竖起大拇指
大伙哈哈大笑，若晨钟
咚咚回荡在长空

上午十点
由00129部队（师）主任
天山"独库公路指挥部"
总指挥隋常全主持会议
乌鲁木齐火车西站又多了一些神秘
整个上空仿佛处在静态之中
一根针落下都能蹦起响声

隋常全总指挥，首先传达了毛主席
"要搞活天山"的指示，然后又将
杨勇司令员和新疆维吾尔自治区
政府的指示逐一传达，会议室
鸦雀无声，与会人员都在静静地听
内心却在激烈地运筹着物资运送
兵力调动，和突破口的选择

最后，各团团长开始发言
声音像雷电，既闪光又洪亮

04

你认识了天山，天山就爱上你了

像抛在长空的火箭，直直地冲上天空
00122团王玉胜团长起立，拍拍胸
嗓门提高了一寸，吼着坚决完成任务
再大的困难都挡不住我们前进的脚步
天山仿佛听到他的誓言
微微地缩了一下身

修筑独库公路，新疆军区
七工区和八工区的领导发言说
积极想办法，群策群力
携手共进，决心配合主力，坚决完成任务
声音像锤錾，硬朗朗地砸向天山

会议开得很成功，午饭
隋常全主任向大家敬酒，举起杯
对各位团长说，谢谢大家齐心合力
愿我们早日完成党和国家交给的任务
干杯！

2024-4-25

05

过拉尔敦达坂，
无意中扛起一座雪山

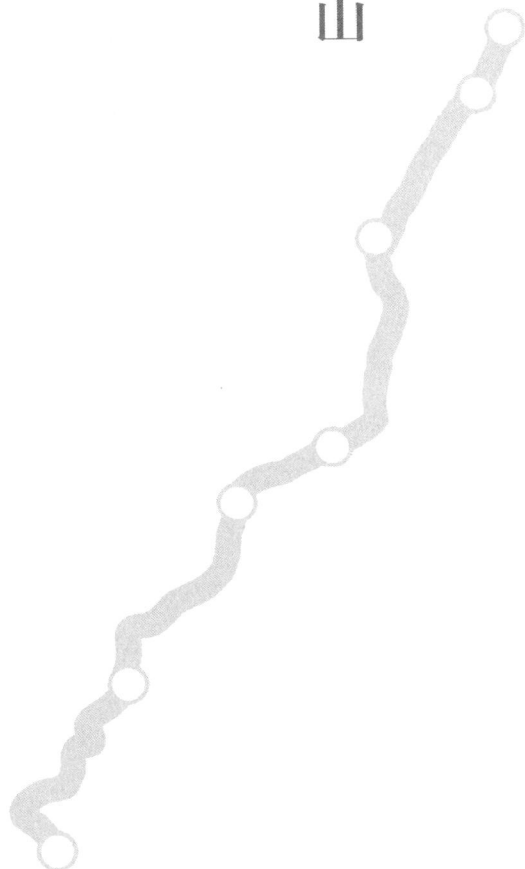

独山子

库车

过拉尔敦达坂

抓一把雪

天山飘起几朵云

唐社安、苑庆山、张福全、杨锁管

在我的笔记本里，曾经

响着你们翻越天山的喇叭声

也深埋我对你们的敬佩

那是1980年5月

天山的雪还在飘洒

从那拉提转场到巴音布鲁克

草原被天山阻隔

茫茫的白雪淹没了山崖

风一刮，天也得变色

战士们啊，从来都不怕

总爱用自己的热血把雪融化

汽车，按响了前进的喇叭

彰显了坚强的意志

盘旋的公路弯曲成一幅壮美的图画

车队行驶到最后一个风雪口时

风，突然狂飞滥炸

天，顿时昏暗得要塌

视线模糊成了一堆乱麻

你们穿行在车队里指挥着

一辆辆汽车的安全穿越
皮帽子捂得只露着两只眼睛
冰凌一根一根挂满了帽顶

当行到最后一辆车时，轮子出现打滑
暴风雪啊，凶狠地要把汽车吞下
唐社安心急得像大漠涌出的饥渴
一侧身趴在汽车底下
用铁锹拨开积雪，可是拨开
的巷道一会儿又堆满了积雪
情况万分紧急

唐社安把战士们叫在一起
站在风雪口挡着狂飞的风雪
巷道又一次挖通，汽车启动了
轮子没转一圈又在打滑
你急中生智脱下皮大衣垫在轮子底下
此时，轮子仿佛在和你说："快！"
你唰的一声！扯下身上的棉衣
嗖的一刹那！填在了轮胎下
惊人的动作战士们看得眼花
几个排长跟着你做着同样的动作
一件件皮大衣和棉衣填进轮子底下

关键时刻轮胎加大了摩擦
缓缓地转过艰难的一圈
两圈、三圈……

车队驶出了险情

可你像一棵松挂满了雪

站在那里不动，战士们呼喊着

排长！排长！你慢慢地睁开眼睛

笑着说："没事，我打了个盹"

浓浓的乡音透出陕北雄风

2024-3-14

南线施工

以那拉提沟口巩乃斯河为界
河的北方为独库公路北线
河的南方是独库公路南线
00123部队1980年接收了
从巩乃斯河以南至巴音布鲁克
毛路基的收尾工程

任务像一朵花
打开了语言的表达
二营五连驻南线，进行挡墙
护坡、排水沟、路拱、路基
路面、回头曲线等的拓宽修整
星星经常能听到战士的歌声
将一些脚步长成一棵棵劲松

五连从北线搬到南线
进行了一次八公里的转场拉练
天蒙蒙亮，一声集合号吹响
静静的，空气都不知道
一排、二排向连长报告

连长站在队前低声宣布
接上级命令：我连在独库公路南线

4公里处阻击歼灭逃窜的不法分子
路线，沿独库公路南线出发
一排在前，二排续后，出发
声音低得让一条路感到了长
遥遥天路，横竖皆是脚印

两个排从北线顺着公路下行
很快到了南北分界线零公里处
巩乃斯河一刻也没有停歇
卷着战士们的激情翻滚

战士们在一块平坦的地方
进行了野营，当时我在零公里
训练队当教员，刚起床
见战士们从河里打上水，洗脸刷牙

野营的炊烟绕着山林缓缓升起
香喷喷的米饭溢出了一段晨曦
战士们散落在河滩上
像一颗颗坚硬的石子

很快补充完毕
还没等我看清
战士们已无影无踪
河滩上没有留下丝毫印痕

下午五点
战士们到达了指定地点

三排早在4公里等着他们

帐篷已搭好，晚饭也做好了

此时，战士们才知"军机"

相互昂着头，哈哈大笑

2023-12-12

在20公里施工

如果有直升机就好了
战士们就可垂直行走
再不怕大雪封山，缺煤炭、缺粮食
缺物资了，八班的战士和排长说

是的
可惜我们没有这样的装备
不过，我们学会了坐土飞机
一把铁锹就是最好的工具
屁股坐在锹头上，雪铺成赛道
手握着锹把，顺着雪山往下滑
快慢由自己掌握，锹把的倾斜
控制着下滑的方向和速度
你要是不会，就让班长教教
排长说完转身走了

话音刚落，山上一块大石滚落
排长健步把两名清理排水沟的战士
扑倒，石头哗啦啦从他们
三个人身前斜着滚下

定了一会儿，排长起身拍了拍
身上的土，看着一名新战士说

继续干吧，小心山上的石头滚下
要耳听八方，不要等着往死砸

战士愣了愣笑着说
请排长放心，我不怕
耿耿直言，凌空飘洒
天山像落了一场朝雨
洗得满山静谧

2023-12-16

修建通信总站

顿开事物的灵敏
用最柔美的情感调和一座山
与士兵的心触碰
天空接到了战士们的邀请

在天山，一个班
孤零零地落在深山
为新疆军区修建一座通信总站
信息穿过昼夜的军营

十名战士，在班长的带领下
和水泥、石头对话
月光下有了战士们的家
站在乌鲁木齐俯瞰
战士们像一朵朵花
绽放的声音从小房子传出
星星领着他们，走进了月亮的家
再苦的地方战士们都不怕
脚踏千岭雪，手捻古今风
战士们把头顶的星星一颗一颗
镶进机房的每一个插孔

通信总站按时完成
战士们很高兴
背着背包拿着锤錾返回连队
宋积禄，还送了大家一首歌
天山，战士心中
一弯，弯弯的月

2023-9-14

战士们常这样抒情

把雪堆成人是一种意境
在冰达坂施工
从入伍到复员，有的战士
四年没有下山，修成了
一颗可昭日月的红心

翻开白云
你能看到雪地上的诗行
就是战士们的心路历程
蓝天深藏着军人的无畏

听，惊雷滚动
每一声都像战士的酣睡
起床的第一缕晨光啊
总是最先照见战士们的忠诚

那些年，那些月
那些战士的激情
写在路途，写上山顶
写成思念，写入清明

天山啊，永远不会寂寞
烈士啊，永远能听到战友们

呼唤你们的声音

声声痛泣，年年泪滴

2023-9-15

惊心动魄

石博涛烈士
也许你的事迹过于动人
大地山川也无法抑制
天，下起了雨
石，化成了泥
群山荡了一声
惊天动地

拉灵车停在半山坡的墓地
几名战士伴着天山的雷雨
哀哀地为烈士修整墓穴
转头，灵车借着松动的泥土滑下
直直撞上一个大土坑

灵魂出棺对天鸣，北望寒风
轰隆一声，棺椁飞出车外
遗体跳出棺椁
直直地站立在大雨中
战士们走过去，遗体还不倒
冥冥中听到他呼喊
"班长，我要去工地施工"
声音在绵绵的细雨中跳动
几位战士给他敬礼，慢慢把遗体放倒

战士们哀哀地将棺椁抬进墓穴
举起天山长长的思念
连同绵绵细雨，埋进了155医院东山墓地
战友们点燃纸钱
雨声夹着石博涛的名字
轻轻地洒入天山

2023-9-19

雪山，耕出一道丽影

又一年，黎明刚露出笑容
运送物资的车踏雪而行
来到零公里，在沟口待命
刚跟车的李锋问三班长杨平章
路通了吗，期待的回话挨着星星

一会儿传来司令部的命令
路通了，立即组织上山！
车队同时传出隆隆的马达轰鸣
蛇形般的车队拉着朦胧的天空

车行到南线29公里突然起风
大风偏在这时把山顶的雪移动
弯道在两山的夹缝中
雪，飞流而下
一会儿堆成了一座山峰
我看着洁白的风雪
仿佛是天山的雪花节
播洒人间所有的纯净

车停在路上，无奈地怠速转动
李锋不解地问班长，为啥不翻过山
三班长说，防止被风雪埋掉

车队，马上撤离

风雪怒吼着，太阳偷偷躲起
车行到山底零公里，天已黑了
大伙挤进六连的帐篷，围着土炉子
坐下打盹，干涩的眼睛
藏进了天山，熬出一道命令
三更夜，又听见马达隆隆
雪山，耕出一道丽影

子时的夜
甩出一道光
翻过雪山
开阔让无数朵白云有了激情
巴音布鲁克敞开广袤的胸怀
拥抱着战士们

2023-9-18

拉运沥青

在南线32公里
连队在浇灌沥青路面
战士们顶着烈日
在酷热的暑天与高温较劲
黑色铺开天山的黎明

拌搅锅安在较缓的山坡上
燃起来像火山爆发
黑烟裹着稀薄的空气
坦白地对战士们说
你们真伟大

风摇寒光
焦油一丝一丝深入肺部
李锋和汽车连的几位同志
负责把搅拌好的沥青运到
铺设路面的施工地段
这任务看似简单，却很不容易

一车拌合料，要装几个锅底
沥青呛得人出不上气
落在衣服上洗都洗不下去

粘在手上，就是一个红红的泡

像秋天的果实溢出丰收的骄傲

2023-9-18

配属二营施工

春天到来的时候
大地总是那样热情
把许多生命扶直，又呵护着迎送
天空下你能看到一种变化的真谛

五台翻斗车拉着天山的一角
在12公里与大雪赛跑
李锋带着运输连七班的战士
在冰达坂用冰雪书写热情

七班的战士团结一心
把配属任务完成得出色圆满
每天随叫随到，满点满勤
寒冷与他们简直是一对兄弟

汽车在高山上，走一截路就开锅
有时，你急着要走
发动机却非要停下车散散热
战士们只得耐心等候

哪里有寒冷哪里就有战士们
哪里艰苦哪里就能看到李锋
施工连队的战士们很感动

年底为他们送了一面锦旗

金色的字书写着

“兄弟牵手，团结奋斗”

2023-9-18

一道火花

这隆隆的声音里
隐藏了一些硝铵的诡秘
一座山斜着身子羞于挺立
一缕蓝，飘上天空示意

有哑炮！我上去
排长把战士们堵在安全地带
一个人走进"雷区"
与死神展开了一场搏斗

排长轻轻地拨开泥土
细细检查不响的缘故
看着燃过的导火索
慢慢地寻找原因
左手戳着地，右手摸到炸药
谨慎地拽啊拽，突然哑炮响了
他被炮声轰出去，在空中转一圈
又轻轻落地，泥土垫着他

他没受伤，爬起来仰天大笑
高声地吼着，邪气
永远战胜不了正义

战士们一起鼓掌、欢呼

排长真牛，排长真牛！

2023-9-21

眺望天山

我常常站在月下
凝视、眺望
每一次都会站很久很久
直到，月牙弯下了身
星星移动了位置
我还会站着，不移动一步

是的，半个世纪过去
青春的记忆仍然像伊犁河的流水
奔腾不息，流过了你，流过了我
流过了一个个神秘的故事

是的，回想起那些
可爱的面孔，小小的年纪
他们不愧是党培养出来的
钢铁战士，无论在哪儿
都是一面鲜红的旗帜

记得，从20公里扛着铺板
背着煤炭，还有铁锹、铁镐
走到27公里支起帐篷
星星走进来和我们一起就寝

比星星起得早，每天是战士们
一声一声报数，是晚上的点名
我们常常陶醉在开山辟路的梦中
冰达坂，我想你

是的，虽然寒冷
但钢钎上的火焰
可燃烧出一个红彤彤黎明
那些风，那些雨，那些缺氧的空气
在悬崖峭壁立起了，战士
永远是人世间的一个标志

2023-9-26

"旱獭子"馒头

一个馒头在冰达坂上
怎么叫都叫不醒
一群矮矮胖胖冬眠的旱獭子
左撕右拽贴着牙不肯放松
咬得牙都痛

咽一口真费劲
再喝一碗带陈味的稀饭
嘴里啊，泥不是泥，饭不是饭
作为生命的补充
怎么也得塞进肚
才能长出开山辟路的锤錾
天山，一路走一路看

悠悠天山雪，独处望长空
横穿天山南北的独库公路
就是吃着"旱獭子"馒头
一天一天把独库公路修通
战士像匍匐在天山的白云
永远是独库公路的风景

2023-10-23

嚼不烂的干菜

聚四季风雨，用一腔热情
把干菜压缩成语言
说出天山的美景
一句一句都动人

开饭了
大司班长把装好的两箩筐饭菜
挑上肩，崎岖的山道
捆绑着山顶的工地
饥肠辘辘的战士
顶着光秃秃的风
盼望着大司班长

大司班长沉思了半天
准备好了解释，即使骂几句
也当压缩干菜吃
嚼不烂，也要咽下去
哪怕夹带着泥土和沙子

的确，战士们疲惫的身子全靠
这顿饭撑起一天有意义的劳动
施工才不会掉队，战士们
围着大司班长，把一勺一勺菜

倒进碗里，黑黑的团在一起

嚼一口一股脚汗味
嚼来嚼去都嚼不碎
旧大米没有黏性
吃起来真不敢问

战士们嚼着牢骚发脾气
排长指指天空
大司班长笑眯眯
一口气赔了好多个不是
战士们端着碗站起又蹲下
蹲下又站起，无奈地靠在石壁上
坐在雪地里，慢慢地消化着
这一堆闷气

排长接着说
吃饭也是战斗
战士们也知道这些事
只是心里有一种期盼
想早点把路修通

2023-10-20

雪莲花和雪鸡

能看到雪莲花和雪鸡
就知道你所抵达的位置
一定是在海拔的3000米
一种幸福悄然而遇
山崖露出了笑意

雪映峦峰
战士把帐篷搭在冰达坂
严冬挨得他们很紧
一伸手就能抓一把冰
抬一抬腿就能跨过一座山峰
山洞里的风钻响着
手推车上的石头滚下山
轰隆、轰隆

雪鸡在山崖上蹲着
不扇动翅膀，它羡慕战士们
把冰山挖开一个孔，此后
雪莲花就不再孤单了

2023-12-16

化雪水

无论天山的雪在哪里结冰
对于战士来说都是一种生命
五月上山施工，齐腰深的雪
是我们生活的必需品

挖一锅雪，化成水
战士们洗脸做饭都用它
雪水在锅里扎根，在脸盆里扎根
在战士的生命里扎根

把雪化成水，是一种智慧
战士们上了山，刨开一片阵地
搭起帐篷才知道要水，炊事班
做饭要到沟底提水

咋办呢，战士们急得抓起一把雪
团成团，就往嘴里填，嘎吱嘎吱嚼着
咽到肚子里，解决一时的口干
大司班长急得吼，煮雪吃

战士们将一盆一盆雪倒进锅里
加上火，熬成水，然后洒进米
仿佛星星掉进锅里，一颗一颗

跳出高寒的情趣

夜晚是这样的静，打前站的战士
在寒冷的高山入睡，呼噜像
河里的流水，冲开一片天地
战士们起床，呼出红日
第一件事就是化雪水
炊事班的大锅满满堆起
天山上大兵们的野炊
夜饮天山，千年不醉

2023-12-10

开胃的酸辣罐头

酸辣罐头
是战士们最喜欢吃的罐头
也许猪肉罐头吃腻了
加上高山缺氧的缘故
酸辣罐头占领了营区的全部

刚开始
猪肉罐头战士们还是喜欢的
但是，没吃了半个月
那种腐烂的味道
和高山反应引起了恶心
战士们闻着就反胃

只有酸菜罐头
那红红的辣椒和酸酸的菜条
才适应南方和北方的战士
咬一口，浑身都来劲

冰达坂，俯下身子问
什么叫军人，什么是精神
一座山，留下战士们
翻山筑路的脚印

黎明不知战士早

只有几颗星星知道

朝阳照进军营

天山，早被战士们搬动

2023-10-23

筑防雪走廊

在海拔3000米之上
筑一道防雪走廊
一听就头昏脑涨
别说施工，站着
风，也能把你吹得摇摇晃晃
连太阳走到这里都迷失方向

五连，战士们没有胆怯
冒着风雪，冲上去
寒冷冻不弯，狂风吹不散
标枪投出去，都是十环

天，没什么可怕
豪迈的声音让飞雪吃惊
冻土层开始缓缓松动
野蛮发出怒吼的声音

战士们用最原始的工具
打眼放炮、开槽、立桩、砌挡墙
建防雪走廊。听都没听过的东西
战士们模拟着月宫，水帘洞
用铅笔绘制下精美的图形

副连长王永录是连队的万能通
他在混凝土浇灌、凝固
钢筋焊接方面都做到了
百分之一百地放心

经过十个月的奋战，南线
一座长285米的防雪走廊
屹立在拉尔敦达冰坂
雪山清晰地望见了天安门

2023-9-20

开都河

就是《西游记》里的通天河
流经巴音布鲁克草原
神奇的传说有好多
黄昏的时候常常
能看到河弯里的
好多太阳一个比一个亮
一个比一个圆

河水流成的湖
是天鹅栖息的好去处
大批的天鹅从西伯利亚飞来
享受这里的神秘风情

我们在这里施工
常能感到一种快乐
悠扬的歌声穿梭在巴音布鲁克草原
牛羊咀嚼着古朴
天鹅，一对一对在夜幕中
变成洁白的花朵

开都河与天相通，你说话
天上就有回音，战士们常常在
施工中高吼，天空学着战士们的声音

是传给上天的馈赠

路修通了，湖面出现一片奇景
你站在草原就能看到天空中
聚来的各路神，有的拿着贺礼
虔诚地宣读
独库公路，天山的一大创举

2023-12-5

一个兵，
搬走天山一块石头

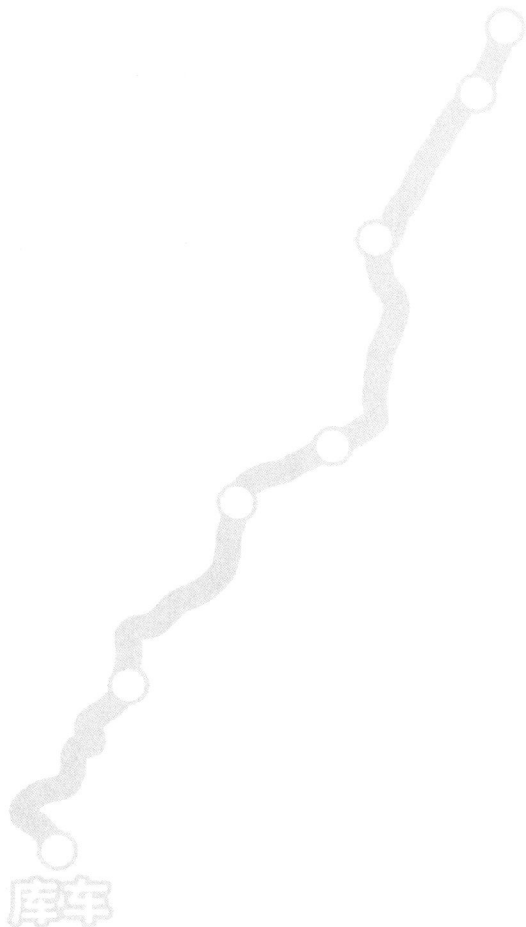

独山子

库车

在冰达坂夜宿

天上的云，飘起又落下
地下的尘，揉碎了又飘起
我不知什么叫尘世
我却知伟大的战士

铁力买提冰达坂，是阻隔
天山南北的一座冰峰，战士们
在3400米高的寒冷中不眨眼睛
非要从它的腰部挖个窟窿
天，听了都感到惊恐

一支小分队，五月中旬
背着铁锹、铁镐、炸药和帐篷
跋涉在零下20摄氏度的山腰
从山的阴面踏出一条盘山小径
像一根绳子绑紧了冰峰
从此，冰达坂就有了使命

铁力买提，万丈寒冰
战士们克服高山缺氧的袭击
硬生生劈开一片平地，燃着火把
搭起一顶帐篷，18个人挤在一起
熬了一晚上星星，铁力买提捕捉了
一片从未有过的真情

战士们刚要起床，却爬不起身
你看看我，我看看你
发出一阵哈哈大笑的声音
一个新兵年龄最小
爬起来给战友们捶捶腰、捏捏腿
班长赞扬他像"红小鬼"

掀开帐篷
山顶，沟壑交错
虽有阳光，却拐不进帐篷
帐篷内凝聚着一座冰峰

战士们啃着一袋子冻馒头
嚼着冰山上的冰块
高呼，我们的血能融化寒冷
冰山瞬间闭上了眼睛

排长派出两名战士下山
汇报山上的情况，连队立即
组织人马发出第二波冲锋
为山顶的战士送来了生活补充

寒冷露出一副羞愧的面孔
铁力买提冰达坂被啃出几节牙印
一节一节连成一道闪光的旅行
脚印震撼着天空

2023-10-5

在北洞口建营地

北口背阴，除了雪就是冰
部队在这里扎营，要把冰山
穿个洞，使天山再无天险之称
星星望望战士们，发出疑问

是的，从山腰穿个洞
连老天爷都不敢相信，岂能是人
却有这样一支部队劈山开路
谁都无法阻止他们的行动
他们不是神也不是人
是天山上的工程兵

战士们在冰坡上打眼放炮
把一米多厚的冰层炸开
用脚底的体温化冰、摊平，搭起帐篷
再把背上山的红砖，垒起地炉子
一步一步把困难逼成英雄

一排的帐篷搭起了
炊事班和连部的搭起了
进度一步一步推进，一个连队
很快在冰达坂上扎下了营

战士们很勇敢

从不害怕困难，把遗书

藏在自己的小包袱里

头枕着掘洞的生死

2023-10-5

劈冰坡

扎下营的战士们
又向洞口的冰坡发起进攻
北山的冰，厚得像石头一样坚硬
战士们手握钢钎，抡起大锤
一锤一锤打下一个黑黑的眼孔
装进科学的热情，一声巨响
冰山开出洁白的花朵

洞口和营区相距约一公里
送上山的馒头已没有热度
吃进肚还得用肠胃加温
干一天活，揉碎一洞石头

120多米长的45度斜坡
厚厚的冰，像一方明镜
被战士推下山，打碎寒冷
坚硬的石头踩在脚下
战士们沿着这条路
找到了施工的洞口
铁力买提冰达坂猛然醒悟
懂得了为天下人民造福

2023-10-5

开挖铁力买提隧道

沿斜坡往上走，抵达洞口
战士们从这里开始掘洞
一锤一锤在山体上敲下石印
一印一印无数次的凿打
石头磨成了石粉
山体被凿开一个个钻孔

手破了，流出血化成脓
谁都不在乎，脚冻了
仍然要踏碎石头，一件
破棉袄背起千年的孤独

在这里施工，都是铁打的兵
一声炮响，连七剑下天山的游侠
都要打听打听前方是哪路神
或许要拜访，或许是借光

雪，每天都要下
冰，一层一层加厚
零下是冰达坂的特征
冻，是它惯有的功能
它把战士们当成兄弟

天天拥抱在一起
不说话，用肢体
感悟开凿的洞口
战士们细心地掘进
一寸一寸都带血

2023-10-5

意志的光芒

冰达坂无欲无求
它的美与战士的意志相随
千百年耸立在一个冬季
相望着战士们

是的
战士们用春天的语言
叫醒它长期寂寞的沉睡
雪花落下一行自豪的文字
成一句话，一首诗

战士们在此施工
每每发生着纯粹而壮丽的故事
冰达坂为牺牲的烈士常年流泪
打不碎，揩不干

仰望夜空我才知道
什么是牺牲，什么是战士
什么叫英雄，什么叫无畏
冰达坂，赐给我们一句话
怕死的人，都不是战士

2023-10-9

仿佛与世隔绝

铁力买提冰达坂
海拔3400米高
战士们常年在这里施工
仿佛与世隔绝
在20世纪70年代的通信工具中
电报算是最快的了
但，送到连队
足足要走20天的时间
等待，是忠诚的卫士
无论多远都能看到它的影子

这是电报，如果是一封信呢
可以想象它要翻过多少山岭
多少个人白天黑夜的传递
才能到达期待的战士手中
这颗心啊，激动得
要多重有多重
说多轻有多轻

像大山，也像一缕清风
拂过花朵一样的笑脸
等不及去洗手，战士们
用带着泥巴的手指打开

黄泥巴的指纹印上信封

滚滚的思念，从字里行间涌出

模糊的眼睛看看父亲、母亲

姐妹、弟兄，泪水打湿信纸、信封

还有天空中飘来的那朵白云

谁知道，这封信啊

深藏着多少风雨，多少艰辛

多少个魂牵梦萦的早晨

一封信啊，单程要走两个月

才能到达战士的手中

每一程，都带着祖国人民的心

2023-10-11

与冰山相依为命

冰山，是生命的禁区
这里没有草，没有飞禽
就连氧气在此都要减少一部分
寒冷的冰山除了冰还是冰

战士们登上山顶
谁都不敢相信，他们捞起黄昏
一截一截揉碎，放进自己的帐篷
与星星和月亮一起攀谈广寒宫

嫦娥听到他们的谈话
来到冰达坂，突然感到寒冷
她问战士们如何能在这里生存
战士们笑了笑，指了指头顶
那颗闪光的五角星

嫦娥看见战士们打隧洞
惊讶地发出一种感叹，人和神
究竟谁不怕冷，冰山耸了耸肩膀
告诉嫦娥，他们都比不上战士们
远山贻笑，大海渡情
夜晚将一颗一颗星星还给黎明

战士们的风铃仍然响在长空

由近而远，由远而近

2023-10-10

一场电影

雪下着，虽说是暑天
在天山的冰达坂上没有四季
千万年来，只有一个隆冬

送影片是选择最好的天气
可送到山顶就不一样了
放映组刚支起放映架
雪花一朵一朵飘下

战士们披着雪花，坐得很正
眼都不眨，盯着银幕里的人
仿佛走来的都是亲人，一朵一朵
雪花犹如一句一句问话
战士们坐在马扎凳上
谁都舍不得把身上的雪抖落

雪继续下，影片继续放
放映员不说话，战士们不说话
整个冰达坂静悄悄地酝酿着
钢钎撬动崖壁的回答

放一次电影真不容易
从晚上十点开始，到凌晨四点

战士披着雪花拥抱亲爱的祖国

他们就是冰达坂上，一朵洁白洁白的雪花

无影无踪，真真切切

2023-10-13

工地野餐

在缺氧的高山要空气
这还得与老天沟通，要不
问问战士们，听说他们有种
意志可兑换一斗一升

一桶饭担上山
无数的寒冷在围观
虽有保温设备
也挡不住它的入侵
压缩干菜和固体酱油
让一座雪山昂起了头

战士们抓起一把雪擦擦手，然后
双手贴着棉衣滚一滚，这就是讲卫生
有的战士不信这，拍拍手端起碗就吃
馒头上的指纹映出了冰山的雏形
每一块都有国家和家庭
仿佛一顷麦浪，颗颗摇动着生命

战士们端着碗靠着石崖
蹲进乱石，立在雪地
咬一口馒头，泥巴和汗水
在脸部一扭一扭抽动

像一座小山丘，荡漾着
无边无际的春色
白白的牙齿把冰山
嚼得咯嘣咯嘣

有时拉肚子，战士们笑着说
像银河拔开了闸，冰山上天天
有战士的笑话，战士们吃着说着
竟然把一座冰山逗乐

2023-10-13

八月的雪

站在冰山上望月
心就走进了无穷
夜空里的星星一颗一颗
靠拢着军帽上的五角星

八月，天山又落下了大雪
战士们说这是梨花
仿佛结成的梨子等着战士们去摘
美好正在出发

就是这个晚上，战士已入睡
黑云一层一层压下去
掘进的梦在战士的酣睡中延伸
班长请放心，明天的任务
一定能超额完成

炉膛里的火一闪一闪
帐篷外不知不觉飘起了雪
一颗一颗落在帐篷上
直到把帐篷压塌，碰住鼻尖
班长敏锐地爬起
打开手电筒，帐篷像一棵枯树
火墙支着，倾斜趴下

此时，天还没亮
班长点燃蜡烛叫醒全班战士
扶起帐篷，去报告连长
却被一米多深的大雪堵住
一会儿听到了连长的喊声
小刘快起床，吹号！吹号！

战士们纷纷爬起大吃一惊
天空的雪还在愣愣地下
扁塌塌的帐篷趴在山顶
铁力买提冰达坂现出八月的奇景
连长组织战士们除雪
第一个重新支起炊事班的帐篷
烧姜汤，喝面疙瘩
赶快补充战士们的热能
跟着各班的帐篷也恢复了原形

可是，在山洞里掘进的战士们
被堵在洞内，音信杳无
整整一夜了洞里的战士们
还没有进食，打眼、放炮、出渣
高强度的肢体劳动已经无法支撑
期盼连队送饭的同志
眯缝着眼，向寒冷抗争

此时，你可以想象是什么
能让战士们撑起一片云天

坚定一种信念，当然了，那就是
军队的优良传统和崇高的战士精神

第三天饭送来了，困在洞内的战士
由于饥饿和寒冷，有一名战士怎么叫
都没有叫醒，连长亲自把他
背回连队。经抢救，他仍然闭着眼睛
之后，战士们在掘洞中常常能
看到他的影子，心很痛

如果，不是亲临者
还真有点不信，这就是我的战友
我的连队，在天山闪烁的那颗星星
为西域的天空增加了一山永恒
我深深地鞠躬，向烈士致敬

2023-10-10

抢救牧民

就是这场雪
在铁力买提冰达坂左侧垭口处
有十三骑牧民，赶着在库车
交易后剩余的一百多头牛马羊
返回巴音布鲁克时被这场大雪
冻死在垭口处，可想战士们
如何在生命的禁区
施工、吃饭、睡觉

连队汇报了此事
团部马上通知库车县政府
库车县派人来营救，连队配合
将十三具尸体运回
抢救时遇上了雪崩
连队牺牲了两名战士
写到此我又落下了泪水
一颗一颗编织成花圈
送给牺牲的烈士
和冻死的牧民！

2023-10-10

被困的28天

又一年
天空在士兵的身上
轻轻地往前挪了一下
晨光就照亮了天涯

铁力买提冰达坂
掘洞的战士们刚下班
还没走回连队，途中
雪就下开了

这一下就是五天五夜
战士们天天除雪，雪天天下
平地积雪两米多深，部分地段约六米
天哪，道路中断联系，此时真是
呼天不应，叫地地冻啊

带到山上的煤炭、粮食仅够十来天用
这可咋办呢，连长急得团团转
指导员赶紧召开支部大会
最后决定将十天的粮食分成30天吃
估计，我们会得到营救
没想到，煤不够30天烧
这白茫茫的雪，不能烧

帐篷也不能烧，抛开雪
底下是石头，没有可燃的东西

连长狠狠心对着大雪吼
先烧桌子再烧铺板，然后……
然后，烧我的胳膊烧我的腿
我倒要看看这场雪能压倒
我们连队！笑话！笑话！

今晚啊，全连开誓师大会
一人一双胶鞋填到炉子里
让冰雪化成水
让水喝进我们的肚子
没有米也当粥来吃
坚持一个月，魔鬼
也会把头低

命为天尊
血淋淋，悠然绝天惊
连队坚持了28天，雪山露出歉意
东方的红日冉冉升起，红日后面
跟着补给的车队，长长的
像一条奔腾的河水

2023-12-13

狗熊沟

红柳滩的后边就是狗熊沟
一座山藏在它的背后，一个出没
狗熊的山口，黑色的火焰点燃
千年的险恶

遮蔽的影子
让许多未知留下了疑问
也奇怪，战士们从这里经过
狗熊却没有一点贪心

常常蹲在那里闭着眼睛
仿佛知道战士们的来意
一点也不感到惊恐
我不知道这是为什么
但，有种善意能通天性

2023-10-25

红柳滩

红柳滩
是库车河淤出的一片湿地
面积不大，红柳很茂密
粉色的花朵丰收着米粒大的硕果
浅红拂过，嫩嫩的由绿叶托起
显得特别艳丽

秋天
红柳滩的色调更是多姿
粉红变成暗红，暗红透出老黄
根显得特别稳定
许多大风被它圈住，不能移动
只好停下脚和红柳一起生存

战士们施工，每天从这里路过
渐渐懂得了它的习性，秋天
割下林条编成箩筐
挑土、担沙都好用

红柳滩有飞禽和鸟蛋
战士和它们都是好友
有时落在战友的肩上
叽叽喳喳叫几声

又顽皮地飞走

红柳滩
仿佛是战士们拆开的一封家信
在浩浩的长空留下滚滚的思念
为深山里施工的士兵
增加一份特有的感情
归来，心已在枝头开春

2023-11-1

炊事班

炊事班，连队的血液
每一顿饭都是一次生命的延续
做好一顿饭，如攀登一座山
饭是脚印的脚印，天山的天山

在海拔3000米之上，出气都困难
做一顿饭，要向稀薄的空气挑战
班长想了好多办法，都无济于事
馒头仍然是"犀牛卧月"
他看着战士们搬石头、打风钻
加班、夜战，吃着夹生米
嚼着干菜皮，大司班长
心里常觉得缺点味

早饭、午饭、晚饭和夜班饭
一天四顿，山上山下要分七八摊
送上洞口的饭常常是人抬人担
摇摇晃晃上了山，饭、菜、汤
温度丢了一半，冬天还要挂冰
青春的火焰削去铁的严寒
战士们蹲在隧道里
棉衣裹着一颗赤胆

一碗饭就着风，就着寒
就着冰，吞下肚化成夜的明灯
山的灵魂，天山再高也高不过
炊事班这些兵

2023-11-6

06

一个兵，搬走天山一块石头

库车河

库车河
是天和地孕育的一条河
它的美早被取经的大唐法师发现
猪八戒怀孕的故事就发生在此

库车河，七彩闪烁
金霞与白云仰望着
滚滚的流水传说颇多
独库公路的旁边就是女儿国
我从车窗望望施工的战士
有一种坚定的力量涌过

敲打的锤錾在红山黑石上跳起
一道一道光电与河水不断分娩
推土机的马达，拉着坚硬的山体
一截一截筑成路基

晚霞映红的工地十分令人着迷
五色山看上去像活蹦乱跳的鲤鱼
午餐时你能看到它摆尾
嚼一口全是汗水的滋味

有时遇一场大雨
库车河真不客气，滚滚洪流
卷着破碎的山体落下突然袭击
有时也乖乖地润泽大地

战士们在此，与山水共融
学到了大自然的好多规律
在筑路中砌进挡墙、涵洞
成为独库公路的知己

2023-10-27

06

一个兵，搬走天山一块石头

过女儿国

仿佛一首歌，悠悠地拂过红尘
在一段记忆里藏起
我轻轻推开历史的一扇门
往事触碰着灵魂

遗址高高耸立
残墙披着过往的痕迹
那种细腻的风雅相和着
仍然可以感知

女儿国在天山中段
多少年了仍然守候着它的灿烂
风一吹仿佛就听到少女的声音
像磁力线，一圈一圈把你吸引

我们的战士在这里施工
常常会看到一种奇怪的人影
漂浮着，华丽动人
有时，梦里还揪揪战士的衣襟

班长却不把它当成一回事
和战士们讲，我们是唯物主义者
要把腰杆挺直

有一天班长开着推土机停下来
趴在河边喝了一口水
肚子一会儿就变大
疼得仿佛要生娃娃

回到连队
卫生员给他喝了一碗苏打水
肚疼一会儿就打开了闸
他躺在床上梦见一群仙女对他说
这河水啊，是天地酿成的精华
可映照天山明月
兵哥哥，你们何不在此安家
战士们红着脸
把深深的爱留在女儿国

2023-8-23

盐水沟

一朵云落在水里
金色缓缓升起，光有了寓意
整个山崖，梦幻一般地着迷
飘飘忽忽都是流水

自然间的奇境
也是天地有形的幽灵
盐水沟就是它的子孙
巍巍峨峨耸立于天山的南大门
盐水沟被当地人称为"夏德朗"

盐水沟也是玉皇大帝
失手打碎的一盏酒杯
酒化成了含着盐味的石头
成了南天山的一座雄峰
东西南北都被它锁定
所以它在历史上的地位
也就不言而喻了

玄奘、鸠摩罗什等人的
脚步，从关隘踏过
张骞、班超、李崇等的战旗
也曾插上盐水关的垛口
盐水关像天山的第一颗纽扣

此时我仿佛看到乌孙古道

那浩浩的脚印，饱含着

西汉的深情

翻过盐水沟

东南西北都是通途

独库公路穿过盐水沟就插上了翅膀

任飞、任舞，新疆就不再孤独

一支部队开进盐水沟

风沙独占的营地开始质疑

红色、粉色、白色、褐色

土色卷在一起

色盲、瘙痒、脱皮、湿疹和关节痛

对战士们毫不留情，棉衣上

常常溢出一道一道血痕

火辣辣的太阳像针

盐水一点一点渗进肌肉

铁锹扬起的沙尘把眼睛打红

手一揉就能划破毛细血管

血很快流出眼眶

战士们天天这样施工

公路修通了，战士们复员回家

染上风湿腿，一跟就是一辈子

他们挺立着，没有丝毫后悔

军帽上的那颗五角星，仍然

闪烁着军人退伍不褪色的光辉

2023-10-26

独库大峡谷

晚霞飘起，再也没有收回
千万年映照着一个美丽的故事
人和神一直没有解开这个谜
今天，战士们告诉你

走进独库公路，大峡谷是必经之地
巍巍群山一层一层压紧，有的挺立
有的横冲，有的扭曲成喇叭形
弯来弯去，各异惊人
走一趟转身就成了神

火焰山烧得通红通红
你能闻到古老的气味和现代
科技的文明，嶙峋的山体
像一群飞鹰

如果没有指南针
东西很难分清，不是迷路
就是找不到返程，一种
天籁之声飘在半空
五色，疯狂地流动

转一个身，前后就看不清

如果不留心，你找不到他
他看不见你，昏昏沉沉的肢体
仿佛在云里，轻得失掉了次序

往前走，必须记住方位
要不，回程就出现了问题
不信问问修路的战士
他们在这里如何来去

天空透明
山体闪烁在大海之中
仿佛一条船，一尾鱼
寻游着一山空灵

浪花涌动的语言像诵经
抬头你看看山顶
一会儿像佛，一会儿像人
有的双手合十
有的弯腰鞠躬

所有的传说在此都能找到其因
也许你不信，不知不觉
发现了龟兹国王精心藏起的珍宝
捡起一块，玩一玩就把它扔掉
这些东西啊，对战士来说
真的，太无聊！

战士们顶着烈日，敞开心胸

把奇风异雪，当成六月的食品
身披明溜溜的水泡，像葡萄
一串一串吊起，释放一种
比哲学还高的神秘课题

走出大峡谷
常常会神魂颠倒
几天几夜都睡不着，眼前
不是神的往来就是战士的环绕

2023-10-27

大小龙溪

一碗水洒在天山，成了溪
几千年了不声不语，默默地
寄予山顶，造福于龟兹人民
古国流淌着神韵

大龙溪与小龙溪
距离只有两三公里，高高地
挂在南天山，像一面明镜
照天，照地，照人心

不信，你停车在此，走下去
站在溪边，水中就会现出一行字
你读，一定是心有所思
此时，你会惊叹地呼喊
神奇，神奇！

一条蛟龙腾起，猛然你想起
龟兹古国龙溪诞龙驹的神秘故事
一朵白云落下
一会儿清晰，一会儿远离
环绕着你心中的故事
成山成水，成一连战士

唱着歌，扛着红旗

在独库公路巡视，也看见

高高的松柏依山傍水

一口一口吐出负离子

为过往的行人补充体力

路边的鲜花昂着头

等待你的来访和回忆

这里有许多龟兹古国的历史

还有战士们修筑独库公路的奇迹

巍巍群山环抱着两池清澈的天水

清脆的花环挺立在水的四周

一条路不紧不慢环绕在池的岸边

诉说着战士们同独库公路的情谊

转身，拉开车门上车

回头深情地望着这水

这山和这条路的大美

车轮转动着长久的回味

2023-10-31

克孜利亚

克孜利亚
像初升的一轮红日
在海面上漂移
让无数战士留下赞叹
我曾多次想把它写进笔记本
收藏那段幸福的时光
与孤独的炎热

记得那是1982年的初夏
玫瑰般的山崖瘦瘦巴巴
随着太阳的升高它逐渐变色
一层黄一层蓝渲染着天空
还没来得及思考
另一种画面就把你环抱
奇奇怪怪，像走进了布达拉宫
左转右转，怎么也
分不清北和南

岩性变化着，形态无穷
有的蛟龙腾飞，有的红绸飘舞
有的似一根根银针插地
还有的则像馒头
一堆一堆还可以充饥

有的孤峰屹立，浩气威威
有的似叠纸，藏起许多秘密

突然间
山崖变成荧幕，石头变成锹镐
推土机变成一只小鸟
在五颜六色的山头上飞来飞去
八班的战士一使劲
搬下夕阳一角
匍匐的山体变成一块黑胶
既烫手又灼脚
班长笑着说："你小子，好大胆，
敢在这里撒尿，崩炸了岩石，
你……"战士们哈哈大笑

收工的时候
歌声和我们排着队往回走
黑乎乎的大峡谷伸出神秘的舌头
舔着红红的山顶，倒挂在身后
又像个醉汉握着一壶酒，爱不释手

2023-12-4

戈壁滩

西域，迷人的领地
不见秋风附何意
万籁起舞任东西
胡笳声声似雨

从独山子南行，到盐水沟
穿过一片戈壁滩就到独库公路终点
——库车了（龟兹古国）

戈壁滩约十来公里，海拔很高
常能听到突如其来的呼啸
可怕的是潜伏在风里的那把刀
深得让人猜不到

红红的日头，谁都不信
风，突然呼号
长长的声音卷起热烈的风涛
整个戈壁黑乎乎的
连空气都变了味道
战士们享受着这一拥抱
眼睛干涩得连泪都没有

风卷黄沙

猜不透，也难料
大风把战士们刚搭好的帐篷
掀起，帐篷像一张白纸
跟着大风飘了几百米
00122团的战士跟着跑
直到把帐篷追回
几个人累得连话都说不起
此时才认识到龟兹古国的神秘

干燥的风常含有矿物质
落在皮肤上又痒又痛
挠一挠就长出了血泡
血泡破了就变成脓包，卫生员急得
在工地上给战士们换纱布、上药膏
战士们忍受着痛，施工
却一天都不少

班长有趣地和战士们说
咱们要和大风赛跑，话音刚落
一道光推开了拂晓

2023-12-7

担架上的王金茹

"历尽天山十年苦
向人民交出一条标准路"

支队长常常把大别山的冲锋
放到天山上，解读独库公路
一晚一晚在图上查看弯道
回头曲线、护坡、挡墙、涵洞
排水沟、路拱等验收标准
黎明掀起他的帐篷

支队长坚持带病验收这条公路
前两天他还能上车下车
第三天他摔倒在路旁，腰椎间盘疼得
站不起来，检查团要送他去医院
他决绝不去，只好把他抬上担架
他躺在担架上，不时地扭过头
查看路面、路基、路拱等验收标准
他爱这条路如爱自己的生命
他是从进疆开工到验收竣工的第一人

此时我看见天空
飘起一朵洁白的云
落在这副执拗的担架上

能听到他心跳的声音

一路上，他讲述战士们的劳动艰辛
并讲述战士们的奉献精神
他告诉随行人员，要记住
修筑独库公路牺牲的烈士们

一个班的战士
抬着躺在担架上的王支队长
一步一步用了八天时间
检查完这条独库公路
天山在他的担架上
轻轻地翻了个身

2024-1-5

库车城的乡亲们

路修通了
从独山子到库车只用一天的行程
就轻松穿越了几万年的梦，人们几乎
不敢相信，汽车开到家门的时候
才敢大喊几声，还有疯狂地跳动

龟兹古国善歌善舞的风采
穿越着这片神圣的天空
这是库车的乡亲们，抹着眼泪
挥着头巾，弹着冬不拉仰望
冰山走出寒冷，激情燃起红日，
此刻南北两疆人民的喜悦高过雪峰

我望着古城的背影，深思
那些经受苦难的人们如何以一种
生活的态度和向往的精神
迎接无法想象的愿景

是的
独库公路，是人间的一个奇迹
也是天山的幸事，多少年了
天山南北渴望着有一天通行
这天终于来临

鼓声，掌声，欢呼声
震撼着天空
寂寞的龟兹古城
焕发出前所未有的生机

子弟兵开着厂车，拉着鲜花
为各族人民送来了深情
乡亲们站在路旁，欢呼声
不断地惊起白云，一浪一浪
舞动在独库公路辽阔的上空

2023-11-1

07

天山军营，
是独库公路最美的一道风景

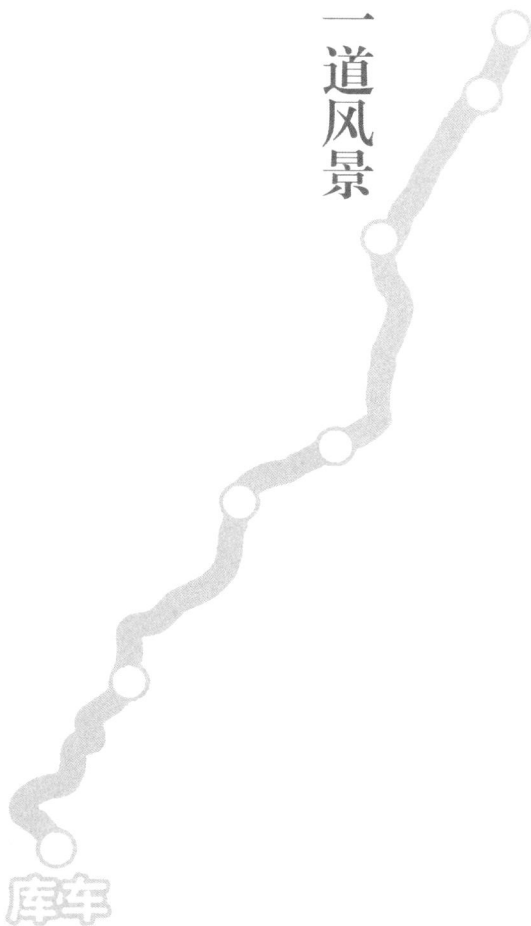

独山子

库车

一场细细的春雨

在天山
随处都可以找到一个
古今中外的故事，但
讲出来都比不上我们的战士

天山的雪下着
营区里的政治课
像一棵棵松柏顶天立地
王志刚同志在给全团排以上干部
讲"老三篇"里的张思德
声音似春天里的细雨
走进破土的大地

干部们听着都有一种烧木炭的体会
虽然黑，但能点燃红红的火
燃烧自己

王政委讲得很生动，从不卖嘴皮子
实事求是，理论联系实际
是他最爱讲的道理
还有批评与自我批评
从不隐藏任何东西

官兵们听了他的课可长见识
不管石头、水泥、雪花和雨
都能生成一种坚强的意志
打不碎，拖不垮，巍巍耸立
一堂政治课，如一场春雨
为筑路官兵鼓足了勇气

2024-1-5

像火

"因为我们还活着"
这是留疆老兵的一句话
像铺路的石子，绵延不绝
听了就放不下

思念，跟着你
所有的话都在这里
一句一句挺立

天山，一片雪努力地站起
眺望，吐尔根墓地
草疯长，青青地都想说出一句话

天山如琴，芳声
成江、成海、成云
在人间流动

2024-6-26

说说那拉提

那拉提，我在此住过
蒙古语意为，太阳出来的地方
哈萨克语为，白阳坡
那拉提山是天山的支脉
地处楚鲁特山北坡
开阔的草原有百十公里
东、北、南三面环山
西面是进口，也是出口

那拉提有我十年的军旅生涯
但我从不知她的美丽与辽阔
紧张的施工中忽略了春夏
十年的冬雪是最美的回答

此时，我看到解忧公主远嫁西域乌孙
倩影在伊犁河谷化为月光
滋润着丰富的历史和多元文化的成长
在此，战士们感到一种高贵

冬天的那拉提，白雪覆盖着
茫茫草原变成了无际的雪原
部队，冬天开始军训
瞄靶，一趴就是一天

胸口贴着大地
体温感知十环的秘密
手冻红了，眼睛还瞅着准心
一枪一枪强化技能
指尖扳动寒冷的命令

连队的考核很严格
一个不及格都不行
接雷管、打风钻都得过硬
否则一定要吃班长的训

一冬的训练
是写给家人的一封信
一字一句都在雪地上完成
雪，印在信纸的拐角
一片一片都是心

寄一封信虽然时间长
但，真情像老窖的酒
越藏越纯粹，越远越情深
当打开信封的时候
那浓浓的酒香啊
蓝天都会醉

五月，雪还未化尽
部队又开始上山施工，棉衣
皮帽、皮大衣、大头鞋又穿上身
那拉提，又是一次离别

天山军营，是独库公路最美的一道风景

又要等待一次重逢

上山，可不是一件简单的事情
先是一支小分队，向山上冲锋
我们叫作"打前站"
上了山，找一块较平的山地
把雪除掉，支起帐篷
用喷灯化一桶雪水野炊
晚上二十来个人挤在一起睡
因为这样才能保证冻不死

挨到天亮，大家还会出气
爬起来再干，铲开一片雪
再支一顶帐篷
就这样坚持一个礼拜
为大部队上山做好准备
大部队上山了
战友都流着泪

2023-10-28

天山

07

天山军营，是独库公路最美的一道风景

我知道
天山一直伴随我成长
刻在心灵的风雨，冰雪、黄沙
以及，踏进军营的记忆

时时刻刻留在心里
早操、立正、稍息
还有我们的目标
实现共产主义
像生命中的一杯水、一碗米
一升啤酒和一个苹果
甜甜的，越嚼越有味

不信
你也感受感受这段往事
一定会撒满一地珍珠
又把它轻轻捧起

2023-8-28

集训

一封信
让一座山激动，一条河兴奋
天山，有了手握钢枪的士兵
早晨，战士们升起红旗

吃午饭时我收到了一封信
是指导员写来的，他询问
集训情况，还鼓励我上进
一封信把日月感动

圆圆的月亮照见相互的心
我踮起脚跳了几下，把月亮摘下
藏在挎包里，归队时送给指导员
让月亮替我汇报成绩

2023-8-12

轮训队

轮训队就在217国道和218国道
交叉处，那拉提沟口
紧挨着林场，每年有两三批学员
在此培训，为连队解决
一些眼前的困难

几栋土房子装满了
活泼的笑意，墙壁上的内容
写满了风钻、马蹄形掘进
自做的挂图讲述着发动机、推土机
空压机和抽水机的原理

同样，训练也很紧张
清晨的早操，是军事教员梁建明
半小时的军事课，重温立正、稍息
齐步、正步和跑步的基本动作
艰苦的施工，战士们
还要适应这些基础军训

那年，政治处主任郭英和副主任张忠
来轮训队检查工作，我正好上课
立正向首长敬礼，汇报了学员的学习
他们满意地告诉我，继续

在轮训队，我是机械教员
2023年西安聚会，遇见了
我教过的好多学员
还有副队长张银科
海南的彭志发、上海的彭卫泽，广东的廖伟雄
甘肃的杨国强、姚国全
他们仍亲切地呼我王教员
晚上我们聚餐
酒杯举起高高的天山
青春在独库公路狂欢

离别时大家都不舍
流着泪，握着手，说着话
一句一句都像誓言
真情，感动了东方酒店

2023-11-7

探家

探家，常常是11月份
大雪封山不能施工
下山，休整是主要的内容
一是冬季训练，二是总结经验
三是修订明年的计划，四是探家
看望老人和妻子儿女

官兵们把一年的激情准备在
提包里，鼓鼓囊囊与长风一起登程
喜悦藏在滚滚的车轮
长长的七天七夜路程让一双
期盼的眼睛跟着一轮明月转动
若遇大雪封山，堵在果子沟
行程不知要等多久，困在雪山里
营救还得空降食品

没有信息，只能焦急地等候
让家人的心不知有多悬
颤巍巍地吊在喉中
咽不下、说不出，呆呆地
站在村口，盼着东方的日出
又拽着落山的黄昏，一滴泪
打湿了满天星星

突然回到家，那喜悦啊
惊得山河都竖着流，一家人
除了笑就是哭，还有满脸的泪水
都是对你的欢呼

2023-11-13

家属来队

一般在施工期间，干部战士
的家属是不准来队的，但也有
个别情况，家属来队了
就安排干部、战士临时休假

狗熊沟在铁力买提山下
一片平缓的山沟里居住着
00122部队司、政、后三大机关
指挥部高高地插着一面红旗
从这里能看到军人的标志

离指挥部不远的地方
为临时来队家属搭建了油毡房
简陋的房子里装着官兵们的梦想
房子经不住下雨，雨天
床铺在房子里颠来倒去
有时头朝南，有时调头北
东西早被漏雨流成一地水

天山里的气候变化无法比喻
说雪就雪，说雨就雨，风更是送给
来队家属的一份厚礼，还有头疼
艰苦的环境，让军嫂看了疼在心里

军嫂也能理解丈夫，知道他们
戍边的责任与为国为民的心情
常常也不连累，住上半月十天
就主动启程，丈夫看着妻子
感觉有点不忍心，但不言语
骄傲地昂起头，心里的话
等着有空了再去补

2023-11-13

打靶

冬训，打靶是一项硬任务
雪地里站着一动不动，举枪的手
冻得又红又肿，战士的眼睛
穿透了冬日的寒冷

站姿射击训练完之后
跪姿射击紧接着开始
战士们寻找三点一线的最佳水平

卧姿瞄准难受的是肚皮
常常肚子胀，能放屁
像一台柴油机排出的黑烟
熏得人恶心反胃，夜里休息时
肚子调不顺气，全班人
好像赶着一群鸭子

最后，检查实弹射击
靶壕的小红旗横竖摆动着
连长满意的笑容
像挂满秋天的果实

2023-11-12

过春节

在那拉提草原过春节
你可以感悟黑的辽阔
也能回到远古，顿悟
那些人类的原初

我们排住在战备窑洞
战士们在一起打扑克
下象棋和做游戏，也填补不了对
家乡的父母、兄弟、姐妹
还有贴对联，挂红灯
和一起拜年的小伙伴的思念

连队编排了一些小节目
演出时，战士们看了都在哭
不知为啥，大家都有同样的感触
天山的夜模糊成西汉的版图

我和三排长李金良点燃一堆篝火
战士们围过来手拉着手跳起了
圆圈圈舞，不知谁起了个头
唱起了"我的父母"这一声啊
卷起无边无际的夜幕
一圈一圈都在走天路

零点一到
战士们走进新的一年
虽然有点想家，但都有
增加了一岁的收获

2023-11-11

07

天山军营，是独库公路最美的一道风景

年终总结

因为时间的轮回
才有了四季，有了年
有了二十四节气，当然了
总结经验是古人卓越的智慧
今天传给战士们

一年了
在天山上昼夜劳动
三班倒，挖山洞，搬石头
周而复始，不知冬夏
年复年、月复月
直到不能施工了
才收拾行装下山

下山了，又用主语、谓语
搬动那些石头、风钻
以及组成战士们开山辟路的
动人事迹，然后再用名词、动词
形容词修饰一句千古
不变的真理"奉献"

战士们发言很积极
像是在最渴的时候端来一碗水

饮下去，如一条河流
滚滚地奔腾不息

总结，像一轮红日
常常能把最黑暗的东西照亮
掘出一片新的天地
有我，有你，有过去

2023-11-11

砍树沟的记忆

砍树沟是红星公社的一道沟
一营和四营都驻扎在沟里
背后有一座小型水力发电站
部队用电就来自此

我的战友张金和就住在这里
他是一机连的骨干，修理D80推土机
在团里出了名，凡机械连的战士
都熟悉他的名字
他的名字像一首诗回荡在山沟里

他闭上眼睛就能听出发动机
有什么问题，不信你问问
砍树沟的那条溪水，一定
会告诉你钢铁的运动规律

是的，有一年我们一起修理
D80推土机，他讲了发动机
两大机构四大系统的内在秘密
开口就能把一座雪山嚼碎

他的语言很简单
就像绽开的一朵玫瑰

能把整个季节悄悄送给你

回味在悬崖绝壁

2023-11-11

天山军营，是独库公路最美的一道风景

二大队

下山了，我们
住在那拉提北山下的二大队
营部在中间，左边二机连、四连
右边是五连加六连
一个营吃一条河的水
影子都从河水里流过

不是你看见我
就是我看见你
有时营里开大会
我们站在雪地里，不说话
相互看看，露出憨憨的笑意

礼拜天，战士们常常互访
有时是同乡，有时是异乡
但，谈的都是家乡
话题是种子、收成
和一家人的团聚

兵老乡坐在一起，不喝酒
也会醉，滔滔不绝都是话题
醉了家乡，醉了兄弟姐妹
也醉了牛羊和山坡上那片

摇曳着翠绿的竹子

激动时说说高中的女同学
某某某，如何如何美丽
控制不住竟说出一些秘密
像小河流水，哗啦啦
能听到心跳的节律

一天过得那么快，那么有趣
问问时间，赶紧动身跑回连队
又把被褥衣服收拾整齐
准备参加连队的晚点名
和周日的班务会

2023-11-10

巩乃斯河

巩乃斯河，发源于天山中段
艾肯达坂，出山与217国道
独库公路相交，沿那拉提南山
流入伊犁河

当年，部队送我去南京工程兵学院
上学，我坐一辆解放牌卡车
沿巩乃斯河从218国道向东，经
巴伦台到乌鲁木齐火车站乘车远行

毕业回原部队，后到轮训队当教员
在巩乃斯河畔每天听哗哗的流水
看着滚滚的波涛，早操
歌声穿过218国道一座单孔桥

上课了
巩乃斯河把学员的笑声
流到远方，一波一波讲述着
筑路大军的英勇与自豪

夜晚
星星落进河与我们一起捉鱼
网兜里跳出欢快的记忆

队长谢永华为改善伙食
想了足足一晚上

第二天一早
猪圈里发出撕裂的嚎叫
我跑过去一看
一头猪挂着红红的脖子
打草的兰明武对我说
猪娃子还没长到一岁

巩乃斯河，我们吃饭、洗衣
都用河里的水，清凌凌倒映出
挑水的影子，两只水桶摇晃着上了岸
有时会想，是不是巴尔喀什湖里
也流进了我们的影子

八一建军节
炊事员把鲜嫩的猪肉烹好
聚餐时谢队长向学员们敬酒
举着酒杯高吼
同学们，我们是人民子弟兵
别忘了我们喝的是巩乃斯河的水
猪肉嘛，把最好吃的那一块
留给饲养员张世贵
大伙儿哈哈大笑
干杯！巩乃斯河响起了
哗哗的流水

2023-12-5

新疆军区第七工区

我不说，也许好多人不知道
独库公路铁力买提冰大坂到库车的毛路基
是陆军四师十一团分期完成的
可想他们是何等的艰苦
一个战士用一把锹拍了拍山体
一条路从半山腰升起
黎明有了爬上山顶的机会

走一段路
左手是钢钎，右手是锤錾
满山的敲打声把一沟寂寞弹奏
有时化成流水，有时聚成春雷
一颗星星问大炮，点和面哪个重要
月亮笑了笑，弯成一把镰刀

1974年独库公路开工后
此团一年后，又开始复修原路基
施工中牺牲了七名战士，他们与
乔尔玛烈士纪念碑一同高高耸立

1979年新疆军区第七工区，第八工区
退出独库公路，工程移交00129部队续修

00129部队按照国家标准1984年验收完工
交付国家使用

2023-12-7

天
山
军
营
，
是
独
库
公
路
最
美
的
一
道
风
景

列车上的巧遇

从天山下山探亲
这么高的路，走一趟真不容易
怎么也得回去看看父亲母亲
老婆孩子，处理一些家务

一年，我在火车上巧遇
新疆陆军八师某团一名出差的干部
两人聊起了独库公路
1974年独库公路改线
有一段和0603路线重叠
这是一段特别难修的路

谈到老虎口，他说
原来没名字，是悬崖
八师某团战士们从崖壁凿开了一个口子
十分险峻，像老虎张开的嘴
以后就叫老虎口了

这个名字很快就在部队传开了
从老虎口再往前推进一段路

左边是悬崖峭壁，右边是滔滔河水
他的战友在一次施工中滑进了河里

还有丁卫东、薛新民、姜局山
三位战友也都牺牲在这里
此时，他满含泪水
望着窗外奔驰的列车
我看着散在他脸上的晨光
沉思了好久没有说话

列车停在了兰州车站
我和这位参谋握手告别
急急忙忙跑下车进行换乘
现在，回想起来仍记忆犹新

2023-12-9

新疆军区第八工区

一支部队，七师二十团
在独库公路南线筑路，他们是完成
那拉提到铁力买提冰达坂北口的毛路基工程
步兵修路，不用说他们要吃多大的苦

在洪加里克沟施工
虽说离155野战医院不远
但出进可不方便

有一次放炮，一名战士
石头砸进肚子里
天黑得紧贴着地，送医院来不及

连长急得叫来随军军医
军医戴上手套清洗了伤口
轻轻取出肚里的石头
然后用担架抬下山
在军医的帐篷里做手术
此时，我看见了白求恩

深夜，山里又下起大雨
风吹着帐篷，灯晃来晃去
手术做得那样细致

天亮了军医才松了一口气
被手术的战士很有毅力
没有麻醉也能坚持
窗外的雨淋着，发出
深深的敬佩

2023-12-14

07

天山军营，是独库公路最美的一道风景

友情永驻

太阳刚刚升起

殷红殷红映在大地

微信群里的信息

舞动着彩虹般的情义

一份倡议书

全连人都流下了眼泪

有的伸手摘一朵天山的雪莲花

有的躬下腰，致敬二大队

声音那样和谐美丽

一个一个战友

为阳作雷的生命

努力地做着延续

红包从五湖四海飞来

落在五连的微信群里

这举动，震撼天地

战士们让金灿灿的时光重新返回

2023-9-15

独库公路博物馆

独山子，山的独子
无遮无挡横空出世
生性娇惯，巍巍独立
潇潇洒洒起伏在天山北麓

独山子
一座比海水还要多的油城
迎来无数探索者的追梦
一个梦一个梦连着天上的彩云

一支部队驻扎在独山子
从这里开始穿越天山南北
他们用惊人的肢体架起彩虹
一步一步用锤錾和血汗
把冰达坂凿通
天山又增加了一道风景

独库公路成了全国网红公路
独库公路博物馆也随之而生
馆内收藏着数万大军的筑路艰辛
一张张照片和一行行文字
都能把你带进那个年代
感受那种精神

还有那壮烈的牺牲

触碰你的心灵，让你产生共鸣

你来此一定能获得独库公路

的美景，和烈士高尚的精神

喂养我们饥渴的灵魂

2023-10-24

丢不掉打不碎的友情

一伙老战友聚在一起
像一堆红红的火
飞溅着可以燎原

我们都老了
老得像一根干烈的柴
弯曲的身躯挺起直直的理想
我们又都很年轻
像一个孩童
泪水模糊了眼睛

军营的事，记得特别清
一年一年的往事
长着一山一山松
像军号吹响的黎明
背着那份丢不掉
打不碎的友情

2006-9-1

吐尔根烈士墓地

首先，让我以一个老兵的身份
感谢这些留疆的包代贤、俞振民、
陈佰军、马宏、童介元、马俊和、聂辉学、
石传文、刘成雅等老兵
从辽阔的天山深处找到了为修筑
天山独库公路168团牺牲的烈士墓地

168——一个刻在我灵魂深处的数字
虽然这个部队不存在了，但它的往事
又一次熠熠生辉，也不由得
想起了内蒙古乌拉山
和那些展开银翅的飞机
冲上蓝天守卫着祖国的北疆
还想起去年
我回访部队，祭拜了
在乌拉山施工中大塌方
一次牺牲的十名战友
哀哀情思让我不由得落下眼泪
回想那些英雄的事迹
和孙树茂团长的悼词
声声与天地同齐

是的，168团是一个英雄的团队
1965年5月1日
这个团在内蒙古包头市固阳县被授旗
从此，开启了它伟大的历程

今天提到168这个响亮的名字
我不由得热泪滚滚，高呼
168不朽，168烈士永垂千古
这是一个神秘的数字，它暗合了
乔尔玛烈士纪念碑168名烈士

吐尔根，我在那拉提十年
都不知道这个名字，只知道
我团的烈士都埋在155医院
旁边的山坡上，当时
真没听说过这个名字

是的，这又让我想起了161团在
南疆修筑和田到布雅公路时
牺牲的烈士，留在和田的老兵
蒙吉庆、何玉禛，王日荣
每到清明都要去纪念碑前，呼喊
烈士们的名字，他们备好食物
和烈士们一起野炊
然后带上悲思和敬慰返回

思念无法控制，感情节节上升
我又想到168团在新疆托克逊、巴里坤、星哈公路

的筑路动人情景
于是我回到了
哈密纪念碑前鞠躬致敬

是的，168团吐尔根烈士墓地
有你们这些留在新疆的老兵看守
确是一桩幸事
天地悠悠，被遗忘了32年的墓地
今天才与战友们重逢
我含泪献上一山鲜花一疆情思
让吐尔根墓地烈士们的灵魂放飞
看到思念你们的亲人、战友
和留疆的老兵

这些留疆的老兵自筹资金
自觉地为烈士维修墓地
重立墓碑，57名烈士的遗骸
说了话，你们十分欣慰
一颗心可对天地

我常以为，军营外是
流行耳目之欲的地方
军营内是追求崇高的校场
这是两个截然不同的思想领域
今天我才看到只要有心，阳光
在哪儿都会捧起梦想

墓地稍有模样，留疆的老兵

四处打听，找到了168团老部队
并得到大力支持
修成现在这个样子
一路奔波切实不易，一缕清风
把哀思传递，复转回地方的老兵
纷纷来此悼念英雄的烈士

是的，这里的山川、草木、石头
都长眼睛，认识168团的战士
像一个孩子，找到阔别已久的亲人
泪水落下，一颗一颗成海

烈士们用勇敢打破了一次次牺牲
牺牲用春天的发芽，顶开一个个生命
光芒在战士脚下衍生出一条路
成为天山精神，成为人间永恒

牺牲，是一个战士成长的最高历程
光荣只赋予那些喜欢付出的人
名誉不是人的本身，而是一种境界
融化了冰山的汗水，一定是绽放
意志的雪莲花、牡丹、梅花
和守候在身边的艳艳玫瑰

一个种植灵魂的战士
常常能听到内心的纯净
万籁通灵，冲出冰山的石头

天
山
军
营
，
是
独
库
公
路
最
美
的
一
道
风
景

清澈而明净

是的，我的战友，我的同志
你们是活着的英雄，这样称呼
我觉得一点也不过分
真的，战友们都会举起双手赞成
也会让我们的子孙保卫祖国
争当一名好兵！

2024-4-6

陈卫星，战友们想你

我正在日夜追赶完成

天山独库公路书稿的时候

李锋、陈邦贤发来美篇

一个噩耗袭击了我

2024年1月21日晚上

陈卫星不幸离世

仿佛天山的一场雪崩

翻开了长长的诗卷

解读着为修筑天山独库公路

的官兵和牺牲的烈士们

陈卫星，00123部队五连普通一兵

都知道你是和郑林书班长罗强副班长

一起送信，被困在雪山上

一个馒头救活的两个士兵

一个是你，一个是陈俊贵

你复员后带着残废的双腿

在老家艰难地打拼

把一个村带上了致富路

你退伍不褪色，以一个

共产党员的标准要求自己

从没向组织提要求，不给政府找麻烦

保持军人本色，传承着天山精神

不居功自傲，自食其力
发扬革命军人的优良传统
天山战友，你的同乡李锋
写下祭文发到微信群
代表全团的老兵向你致敬
陈卫星，战友们在想你

2024-5-11

08

好儿郎，
永远是赓续红色的火种

独山子

库车

热血青春

在柔软的黄土里挖土豆
是一个将要上冻的季节
阳光透过挂霜的空气
闪动出金子般的光芒

母亲问儿子，土豆像什么
儿子说像子弹，像地雷
像一座美丽的城市
也像一位守卫边疆的战士

啊！你记住卫青的故事啦
那当然了，我的梦想就是
当一名报效国家的卫士，让边疆安宁
让人民在和风静夜中酣睡

蓝蓝的天打开两扇心扉
吸收着大地的力量，充实着一个
热血青年的心，远方惊喜地听着
等待一个新来的战士

2024-5-24

男儿赤胆

一个青年，骈骑赤马
扬鞭，抽出一道红扑扑的山崖
几个小伙子跟着拥上来
伸手托起一片天空

金灿灿的阳光拥抱着万里江山
雄关漫道变成了小伙子的仰天大笑
骏马穿过大地，雄心在飞
尘埃中我看到了祖国的疆域

横刀为了平安
我要参军，那是一个青年的赤胆
谁都拦不住一位堂堂正正的儿郎
为祖国，为人民，立功、立言、立德

2024-5-24

我要参军

多少年来，一个梦
如朝霞般地升起，每时每刻
都在浇灌着内心的秘密
拿起枪，我要杀敌

男儿之志，何不立世
我编织着远大的理想
一次一次洗涤内心的怯懦和愚昧
用勇敢撑起人生的无畏

挺直腰做一个八尺硬汉
参军报国是不朽的功绩
我要去，踏平山川大地
请收下我吧，一个有血有肉的志士

2024-5-24

青春云雨

参军是我早有的梦想
浓浓的麦地勃发着泥土的芳香
那些直挺挺的青春，不是风吹的柳叶
也不是花园的薇草
而是蓝天中的闪电

我的生命要系绿色的军营
绿，是我描写大地的译本
五角星闪动着千万双眼睛
这里有我的父亲、母亲
有我的疆土、我的人民

是啊，小时候常听妈妈讲
《精忠报国》的故事，小儿书里也常看到
岳飞横枪立马的英武身姿
长大了何不把热血
洒在保卫祖国的疆场

从未改变的初心啊
让一身戎装书写青春云雨
疆场军歌，铁马雄骑
让祖国富强，人民安康

2024-5-27

铁骑烽火

这赶路的铁蹄，心怀一个目的
让江山和人民都住在我的心里
守候着千年不变的疆土
万年不倒的意志

是的，我们是中华民族的子孙
五千年的血液闪烁着
骨子里揣着的那份基因
我们始终不喜欢战争

但是，我们知道
消灭战争的锐利武器是和平
热爱人民就能消灭战争
心想百姓就能创造一个新房子
住进蓝天、白云和人民
开展真诚的生产活动
静静地劳作，平安地生存
让天下人民都幸福

2024-5-27

举起一把火种

把石头炸出火星是一个梦
点燃火星就是一盏照亮世界的灯
在山洞里我们打开黑暗
用星星的智慧沟通人类的心灵

把头颅点燃，是一位战士的勇敢
英雄，哪个没有铁胆，在长夜里
挺起我们的胸口，把黑黑的夜照亮
哪怕一万次为和平牺牲，也心甘

为光明举起一把火种
在看不见的道路上寻找真理
创造，是英雄的一个动词
我们用它镶嵌一个美丽的世界

2024-5-27

一滴水的呼喊

08

好儿郎，永远是赓续红色的火种

一滴水打开透明
是它对世界的呼喊
一个战士站在高高的山顶
蓝天有了平安的心境

天底下是世界
世界之上，是水滴答滴答的声音
这声音是战士的心在跳动
战士的脚下，有盛开的莲花

一滴水呼喊着
虽然艰难，但也要在
夹缝中展开自己
一个战士的期盼
天空蔚蓝、蔚蓝

2024-5-27

初心未改

村子里的青年们
胸口早已吐出了烈火
一座山在他们身上燃烧，体内的
火焰喷发着一块石头的脱胎换骨
参军，是青年的初心

仰望天空，白云环身
一个个愿望挨着
在群山峻岭中寻找渴望的军营
一个兵在志愿的神坛诞生

灵魂一爆发
随后就是一个兵的脚印
一双双叠加着往前走
用生命对准祖国的安宁

2024-5-28

立功吧，我的战友

带着家国情怀，我参军了
在老兵们的帮带下炼成了一块钢
这块钢啊，一定要用在刀刃上
是的，我准备好了

上战场杀敌，挺起高高的胸膛
血流出，蓝天会映出光芒
为祖国燃烧，红彤彤的心
闪动着历史的号角

立功吧
我们一起托起胜利的前方
让历史的光芒留下青春的语言
祖国和人民永远是战士胸前的奖状
捧起，献给亲爱的党

2024-5-2

送子戍边

孩子嚷着要去参军，父亲说
你年纪小，再等一等
孩子说，英雄嘛
自古出少年

爸爸听了特高兴，又想起
部队的情景，那些钢铁般的战士
立正、稍息和子弹上了膛
常常在梦里惊醒，也常常看见
那些勇敢的战士把石头背在身上
和时间赛跑，一幕一幕都惊心

等孩子长大了，把儿送去参军
让军人的老传统，在孩子心中扎根
是的，这是一份珍贵的礼物
一定要让我们的后代传承

天渐渐大明
一家人高高兴兴
为孩子准备了行囊
还有一轮红红的太阳
孩子嚷着，到部队要入党

当班长、排长、连长……

战死了，胸口也要朝着党

2024-5-16

08

好儿郎，永远是赓续红色的火种

下部队

时间流过的记忆，无限苍茫
天山下的脚印一串一串
发出声响，在训练场聆听
跨过江海的移动

必须学好本领，拿枪、拿炮
扛起40火箭筒，注视着疆域的敌情
一滴水一定要涌起天空
蓝天下，我们都是兵

下部队了，新兵都很期盼
坐在敞车上，唱着日落西山红霞飞
天空，有一种声音瞄准了未来战争
绿色充填着连队的激情

班长很关心，每人发个笔记本
我整整齐齐记下日出日落
还有下连队的激动心情
红红的太阳升到八九点钟
小伙子渐渐懂得了
当兵要听党的话
要为人民立功

2023-8-6

站岗

夜很静，把快乐让给别人
艰苦留给自己，这是我当兵听到的
第一句话，以后就牢牢记着
无论到哪儿都要精心地栽培它

是的，一种生长
来自土壤和水分的营养
也常伴钢铁与钢铁的碰撞
我知道这里有金色的徜徉

让别人看电影，自己站岗
心里觉得亮堂堂，指导员看见
要替我上岗，我端端正正站着
怎么也不让

脚下猛然闪出一道光
照亮营区，照亮了前方
指导员看我决心大，拍拍肩膀
笑了笑，一朵白云落到身上

2023-9-12

后记

　　有一种刻骨铭心的记忆燃烧着日月的光芒，年年岁岁不断地生长，有一种溢血的友谊涤荡着生生不息的思念，时刻涌在我的心上。走进独库公路就能看到这种激情的奔放和理想的崇高是怎样打开生命的禁区，挺立于天地，点燃人间不灭的灯火，独库公路就是天山的一个传奇。当然这都来自修筑独库公路的将士们。《天山独库公路》是继《战士的心在燃烧》之后又一本全景式书写战士们修筑这条公路的生死记忆的著作。

　　1974年春军委工程兵第四工区（后改编为00129部队）为落实毛主席"要搞活天山"的伟大指示，从湖北省宜昌市开赴新疆天山深处，历时十年，通过全体官兵的艰苦奋斗、生死拼搏、无私奉献，修通了一条贯通天山南北的国防战备公路，这条路为巩固国防建设，繁荣边疆文化，促进经济发展都起到了不可估量的作用。

半个世纪过去了，我见过许多修筑这条公路的官兵，他们对这条公路仍然记忆犹新，说起来手舞足蹈热泪盈眶，对部队的感情是那样热烈和深厚，谈到自己的连队时滔滔不绝，故事一个接着一个，特别是讲到眼巴巴看着身边的战友突然牺牲的那一刻，眼泪就不由得落下……

2023年在西安聚会时我亲历了此情此景，心中就酝酿着再写一本天山独库公路的诗集，我正考虑如何写，2023年8月在北京接到原168团政治处张殿魁主任打来的电话，询问我最近的创作情况：我大致说了一下我还想写一本独库公路的诗集，张主任立马就说："好事！我支持，有困难我们一起解决，写吧，好事！把咱们部队在天山筑路的英雄事迹记录下来，形成一种天山精神进行传承。"当时我很感动，就把它当作一种任务接了下来，我在电话里激动地说："谢谢张主任的支持！没问题，我尽快就写。"就这样，2023年8月中旬，《天山独库公路》就开笔了。

当然这不是偶然的，以前就有过此种构想，但由于种种原因没有落地，今年正逢独库公路建成五十周年纪念，到了最佳的时机。2016年留在新疆的王业俊陪同我重走了独库公路，使我对当年的独库公路有了深刻的感悟，加之和战友们多次电话联系收集了好多事例，特别是二团杨金满、孟吉庆和教导队学员李锋、倪雄平、何龙福、杨碧、尹清元、邵中玲、邓德义、张跃文、陈根民、汪元发、王家宏等分别把北线和南线的筑路故事提供给我。还有168团的老首长张殿魁、赵瑞、张忠、崔二恒、白双召、李廷章、王茂功，和我同年入伍的胡永胜、左家宽、张金和、赵满福、郭润才、褚文道、王学龙，河南的李新民、孟根锁、王业俊、吴斌、李光等，呼和浩特市138团的老连长田中元、丁光荣、吴文清等老战友的大力支持。我在2024年5月完成了初稿，在此表示衷心的感谢！书中近两百首诗歌以叙事为主要写作方式来推进场景的生成，有时用充满意境的语言提炼，有时用印象派的手法完成象征的表达，有时用蒙太奇的手法推进通感的诞生，有时采取小说的悬念爆发和细节特写来描绘场景，有时也用魔幻色彩体现战士们的英勇，有时还化用古诗词、曲艺的表达方式追寻战士们崇高的精神。当然尽管我想了许多表达方式，试图把它表达完整，但对独库公路这条通天接地的天路来说，我的表达仅仅是冰山一角，特别是对参与独库公路建设的新疆军区第七、第八工区，由于不是一个部队，了解得不多，表达得甚少，在此表示歉意。独库公路还有更多故事背后展现出来的精神有待战友们共同挖掘、整理、完善。

最后让我再次感谢崔绍宏、赵茂龙、周庆宁、李正明、李晓楚、王军、史映红、赵怀杰、陈智祥、郭松柏、胡文斌、许凤岐、范文华、郑卫东、高飞等首长和战友们的大力支持！感谢老战友刘培仁、陈邦贤、李哲训、汪金元、黄小汉和第七、第八工区为本书提供的照片。感谢所有支持过我的老师、朋友、战友们对我的关心！

2024年6月3日

图书在版编目(CIP)数据

天山独库公路 / 王发宾著 . -- 北京 : 中国言实出
版社，2024.7. -- ISBN 978-7-5171-4886-9

Ⅰ . I227

中国国家版本馆 CIP 数据核字第 2024M2G488 号

天山独库公路

责任编辑：史会美
责任校对：王建玲

出版发行：中国言实出版社
　　　　　地　　址：北京市朝阳区北苑路180号加利大厦5号楼105室
　　　　　邮　　编：100101
　　　　　编辑部：北京市海淀区花园北路35号院9号楼302室
　　　　　邮　　编：100083
　　　　　电　　话：010-64924853（总编室）　010-64924716（发行部）
　　　　　网　　址：www.zgyscbs.cn　电子邮箱：zgyscbs@263.net

经　　销：新华书店
印　　刷：徐州绪权印刷有限公司
版　　次：2024年7月第1版　2024年7月第1次印刷
规　　格：710毫米×1000毫米　1/16　20.25印张
字　　数：200千字

定　　价：56.00元
书　　号：ISBN 978-7-5171-4886-9